최교수의
비밀

최 교수의 비밀

1판 1쇄 찍음 2015년 4월 29일
1판 1쇄 펴냄 2015년 5월 6일

지은이 | 서은호
펴낸이 | 고운숙
펴낸곳 | 봄 미디어

기획·편집 | 손수화, 정수경, 박혜진

출판등록 | 2014년 08월 25일 (제387-2014-000040호)
주소 | 경기도 부천시 원미구 소향로17, 304(두성프라자) (우)420-864
영업부 | 070-5015-0818 편집부 | 070-5015-0817 팩스 | 032-712-2815
E-mail | bommedia@naver.com
소식창 | http://blog.naver.com/bommedia

값 7,000원

ISBN 979-11-5810-026-1 03810

※파본은 구입하신 서점에서 교환하여 드립니다.

Prof.
Choi's Secrets

최교수의
비밀

서은호 중편 소설

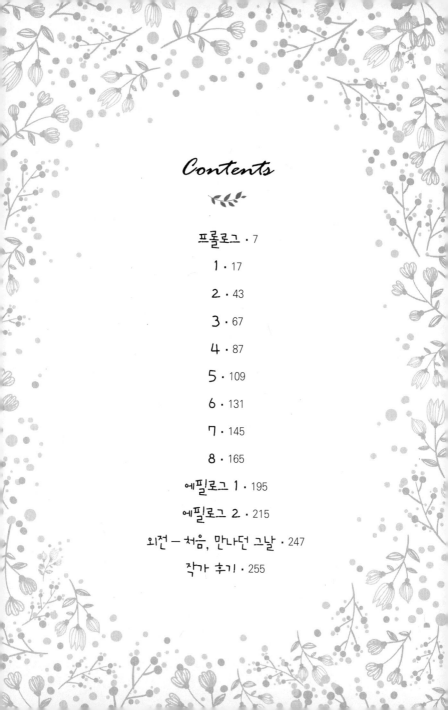

Contents

프롤로그

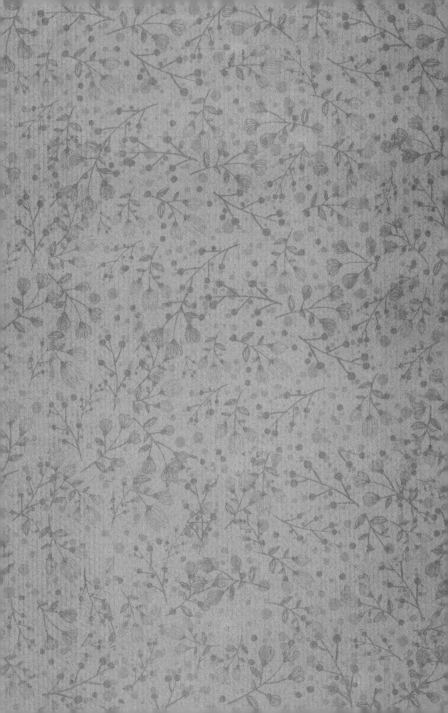

봄의 기운이 물씬 느껴지는 4월, 아름다운 꽃들이 가득 핀 정원에선 결혼식 준비가 한창이었다.

같은 학교 교수인 진욱과 학생인 다인의 결혼이다 보니, 식은 조용히 치러질 수밖에 없었다. 직계가족들과 절친한 친구 둘만이 참석했다.

손님이 많아지면 그만큼 이야기가 새어 나가기 쉽다는 어른들의 우려에 다인이 졸업할 때까지 두 사람의 결혼 사실은 일가친척들에게도 비밀로 하기로 했다.

손님이 거의 없는 결혼식이었지만, 가족들이 정성 들여 꾸민 정원은 꽤 아름다운 예식장으로 탈바꿈해 있었다.

싱그러운 봄꽃으로 장식된 식탁 위엔 양가 어머니들이 준비한 음식들이 차려졌고, 정원 한가운덴 두 사람이 행진을 할 레드 카펫이 깔려 있었다.

축가는 오늘 사회를 맡은 진욱의 친구 지환이 하기로 했고, 피아노 반주는 다인의 절친한 친구 주하가 맡았다.

각자가 맡은 일에 정신없는 그 시각, 일찌감치 준비를 마친 진욱은 긴장된 얼굴로 정원을 서성였다.

지금 이 순간에도 진욱은 제 선택을 후회하고 있었다. 이제 겨우 스무 살인 어린 신부는 자신의 것으로 만들기 두려운 사람이면서도, 자신에게 그 누구보다 소중한 사람이었다.

그렇기에 어른들이 결혼을 밀어붙였을 때 선뜻 도망칠 수가 없었다. 도망쳐야 한다는 걸 알면서도, 그게 제 신부가 될 다인을 위한 길임을 알면서도, 이를 핑계 삼아 잠시나마 제 곁에 그녀를 두고 싶었다.

"긴장돼?"

서성이는 진욱의 곁에 다가온 지환이 그의 어깨에 손을 올리며 물었다.

"그런 것 같다."

"하긴 열두 살이나 어린 신부를 맞이하는데 긴장이라도 해야지. 이 도둑놈."

결혼식에 참석한 유일한 친구인 지환의 농담에도 진욱은

쓴웃음만 지었다.

"그래도 다인이가 싫지는 않았나 보다? 네가 다인이 마음을 하도 안 받아 줘서 관심 없나 했더니."

그 반대였다. 누구에게도 말하지 못했지만, 다인을 향한 제 감정은 두려울 정도로 컸다. 그렇기에 결혼을 하는 지금까지도 마음 편히 그 감정을 표현할 수 없었다.

"어쨌든 잘살아라. 저렇게 예쁘고 어린 신부를 맞이하니 당연히 잘살겠지만. 부러운 자식."

등을 두드리고 멀어지는 지환을 보며 진욱은 나지막하게 한숨을 내쉬었다. 제 행복이 중요한 게 아니었다. 과연 제 곁에서 다인이 행복할 수 있을까, 그 생각만 하면 마음이 무거워졌다.

그때 장인이 될 민찬이 곁으로 다가왔다.

"아직도 생각이 복잡해 보이는구먼."

정곡을 찌르는 민찬의 말에 진욱은 씁쓸한 미소를 지었다.

"그래, 왜 안 그러겠어. 나 또한 마찬가지인 것을."

적극적으로 둘의 결혼을 밀어붙이던 어머니들과 다르게 양쪽 집안의 유일한 남자 어른인 민찬은 이 결혼을 탐탁지 않게 여겼다. 그럼에도 불구하고 받아들인 건 딸인 다인의 결심을 꺾지 못해서였다.

"자네 어머니 때문에 하는 결혼이라는 걸 아네."

진욱의 검은 눈이 세차게 흔들렸다.

"지금은 몰라도 머지않아 자네 역시 다인일 사랑하게 될 거라 믿네. 그 애는 사람을 행복하게 만드는 녀석이니까."

딸이라서 하는 말이 아니라는 걸 안다. 진욱 역시 다인이 내뿜는 행복 바이러스를 누구보다 잘 알고 있는 사람이었다. 장인어른의 말 중 유일하게 틀린 것은, 그가 그녀를 사랑하지 않는다는 말이었다.

"……알고 있습니다. 결혼, 허락해 주셔서 감사합니다."

"그래, 내 딸 행복하게 해 줘."

진욱은 차마 답을 할 수 없었다. 그녀가 행복해지길 그 누구보다 바라는 자신이건만, 그럼에도 불구하고 확답을 할 수가 없었다.

사실 다인이 행복해지려면, 이 결혼은 절대 하면 안 되는 일이었다. 당장이라도 이곳에서 도망쳐야 했다. 하지만…….

"오빠!"

하얀 미니 웨딩드레스를 입고 제게 다가오는 다인의 모습이 보였다.

"녀석, 그새를 못 참고 찾아왔구먼. 애타는 애비 속도 모르고 좋아 죽네, 아주."

해맑게 웃는 다인을 보며 민찬은 진욱의 어깨를 두드렸다. 어서 다인에게 가 보라는 듯이. 눈부시도록 아름다운 다인의 모습에 진욱은 떨리는 걸음으로 그녀의 곁에 다가갔다.

그래, 이 소유욕이 문제였다. 다인을 놓아줘야 한다는 걸 알면서도 놓지 못하는 지독한 소유욕이 제 목을 졸라 왔다.

"나 어때? 예뻐?"

해맑은 얼굴로 묻는 다인을 향해 진욱은 천천히 고개를 끄덕였다. 자신을 집어삼킬 것 같은 소유욕을 억누르면서.

지금이라도 도망치라며 네 등을 떠밀어야 할까? 그렇게 생각하면서도 손은 그녀의 여린 팔을 붙잡고 있었다.

"결혼식 시작하겠습니다!"

그때 지환의 목소리가 들려왔다. 저를 보며 환하게 웃는 다인의 팔짱을 끼고, 주하의 피아노 반주에 맞춰 레드 카펫 위를 걸었다.

찬란한 봄 햇살 아래 하얀 드레스를 입고 서 있는 다인은 눈부시게 아름다웠다. 꽃같이 고운 자신의 신부.

떨리는 손으로 제 팔짱을 끼고 있는 다인을 진욱은 무거운 시선으로 바라보았다. 너무 소중해 곁에 두고 싶으면서도, 멀리 떨어뜨려 놓고 싶기도 했다.

행여 이 고운 아이가 저로 인해 다칠까 두려웠다. 해맑은 미소를 잃을까 무서웠다.

그럼에도 불구하고 나는 끝내 너를 놓을 수가 없었다.

저절로 입가에 미소가 지어져 행복한 기분을 숨길 수가 없었다.

연신 생글생글 웃는 다인을 보며 주하가 옆구리를 쿡 찔렀다.

"좋은 건 알겠는데 적당히 좀 웃지? 너희 부모님 서운해하는 건 안 보이니?"

제 귀에 속삭이는 주하의 말에도 다인은 웃음을 숨길 수가 없었다. 그런 그녀의 모습에 주하는 포기한 듯 고개를 내저었다.

"도대체 그놈의 콩깍지는 언제 벗겨진다니? 하긴, 태어날 때부터 탑재된 콩깍지가 벗겨질 리 없지."

진욱을 향한 다인의 외사랑은 유명했다. 돌잡이 때 그를 잡았고, 그를 보면 울음을 멈추었으며, '엄마'란 말보다 '오빠'란 말을 먼저 했다.

어릴 때부터 스무 살이 되면 진욱에게 시집갈 거라 노래를 부르고 다녔던 그녀였기에 부모님들도 자포자기한 심정으로 이 결혼을 허락했을지 모른다.

열두 살이란 어마어마한 나이 차이도 다인에겐 전혀 걸림돌이 되지 않았다. 열두 살이 많으면 어떤가. 제 눈엔 세상

어떤 남자보다 멋진 걸.

반짝거리는 진욱을 보며 다인은 행복한 웃음을 흘렸다.

드디어 제 손에 들어왔다. 아픈 어머니의 소원을 외면하지 못해 받아들인 결혼이라는 것을 알지만, 뭐든 상관없었다. 긴 세월 꿈꿨던 진욱과의 결혼이 실제로 이루어졌다는 사실이 중요할 뿐!

그리고 진욱은 모르겠지만, 사실 어머님은 아프시지 않았다. 이 결혼을 밀어붙이기 위해 아픈 척하고 계실 뿐. 든든한 지원군이 있어서 다인은 정말 행복했다.

"네 남편, 네 눈빛에 타 죽겠다."

귓가에 속삭이는 주하의 말에 다인은 어색한 미소를 지었다. 그녀의 입에서 나온 남편이란 단어에 또다시 기분이 말랑말랑해졌다.

"다시 한 번 말해 줄래?"

"뭐?"

이해가 안 되는 듯한 눈빛으로 자신을 보는 주하를 향해 다인은 입모양으로 '남편'이라는 단어를 만들어 주었다. 주하는 대답 대신 설레설레 고개를 내저었다.

"어머님이 아무래도 태교를 잘못했지 싶어."

"오빠 얼굴 매일 봤대. 저런 예쁜 아이 낳게 해 달라고."

"그게 문제였던 것 같아."

진지한 얼굴로 중얼거리는 주하의 말에도 다인은 상큼한 미소를 날렸다. 적어도 오늘만큼은 세상에서 제일 행복한 여자였다.

앞으로 닥쳐 올 고난의 시간은 예상하지 못한 채, 다인은 행복에 푹 젖어 있었다.

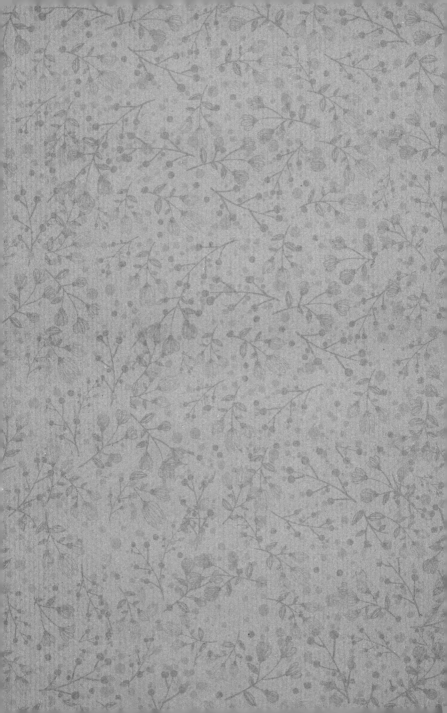

Prof.
Chris Secrets

물리학 교양 수업이 진행되는 강의실 안은 서서 듣는 사람이 있을 정도로 붐볐다. 이공계 학생뿐만 아니라, 인문계 학생까지 모두 진욱의 강의를 듣고 싶어 했다. 경쟁률은 당연히 셀 수밖에 없었다.

치열한 수강 전쟁에서 패배한 학생들 역시 청강을 들을 정도로—학기가 끝날 땐 엄청나게 빡센 리포트를 제출해야 했지만—인기가 많은 강의였다.

물론 강의 내용이 재미있고 흥미롭다는 게 가장 큰 이유였지만 상대적으로 물리학을 어려워하는 여학생들에게까지 인기가 많은 건 그의 뛰어난 외모 덕분이었다.

차갑고 이지적인 분위기를 풍기는 서른세 살의 냉미남 교수 진욱은 S대 최고 인기남이었다. 풋내 나는 남학생들과는 다른, 30대 남자의 성숙한 분위기가 여심을 흠뻑 자극했다.

180cm가 넘는 큰 키, 강의실 안을 울리는 부드러운 로우톤의 목소리, 어릴 때부터 천재로 이름 높았던 뛰어난 머리까지 무엇 하나 빠지는 게 없는 남자였다.

하지만 그에겐 엄청난 비밀이 있었다. 강의를 듣는 학생들뿐만 아니라 교수들조차 모르는 비밀. 그것은 바로 그가 이미 유부남이라는 사실이었다.

"아주 눈을 못 떼네, 눈을."

옆에 앉은 주하의 타박에도 불구하고 진욱의 숨소리까지 체크하며 노트 필기를 하고 있는 다인이 바로 최 교수의 숨겨진 아내였다.

올해 스물한 살의 그녀는 손바닥으로 가려지는 작은 얼굴에 커다란 눈, 긴 속눈썹, 오뚝한 코, 사랑스러운 핑크빛 입술을 가진 S대 퀸카였다.

하지만 얼굴이 아름다우면 무엇하겠는가. 결혼을 해서도 남편을 짝사랑하고 있는 가련한 여인인 것을.

"전공 수업보다 더 열심히 듣는 거 아니니?"

주하의 한숨 어린 질문도 귀에 들어오지 않는지, 다인의 초롱초롱한 갈색 눈은 오직 진욱에게 고정되어 있었다. 하긴,

이 시간이 아니면 남편 얼굴을 제대로 보기 힘드니 그럴 만도
했다.

"너도 참 딱하다."

다인에게 대답 듣는 걸 포기한 주하는 고개를 절레절레
흔들며 턱에 손을 괴었다.

S대 학생 중 유일하게 두 사람의 비밀을 알고 있는 인물이
바로 주하였다. 다인과 초등학교 때부터 지금까지 쭉 붙어 다
닌 그녀였기에 비밀을 알고 있는 것은 당연한 일이었다.

주하가 다인을 만나기 전부터 그녀는 이미 진욱에게 푹 빠
져 있었다. 돌잡이 때 잡으라는 물건은 안 잡고 진욱을 잡았
다 하니, 말 못하는 아기일 때부터 그를 좋아했을지도 모른
다. 아니, 어쩌면 배 속에서부터일지도 모르지. 그래, 분명 그
럴 것이다.

유다인의 하루는 최진욱으로 시작해서 최진욱으로 끝났다.
공부를 하는 이유도 최진욱, 미모를 관리하는 이유도 최진욱,
밥을 먹는 이유도 최진욱, 숨을 쉬는 이유조차 최진욱이었다.

그런 그녀가 주하는 답답할 수밖에 없었다. 지금은 시골에
계신 양가 부모님의 등살에 결혼까지 했지만, 하고 난 뒤에
도 진욱의 태도는 딱히 바뀐 게 없었다.

자신이 세상에서 제일 사랑하는 친구가 저런 냉혈한에게
목숨을 걸고 있는 게 무척이나 싫었다. 솔직히 다인 정도면

진욱보다 훨씬 멋지고, 자상하고, 젊은!—이게 제일 중요하다—남자를 만날 수 있을 텐데. 어찌하여 저 얼굴만 잘생긴 냉혈한에게 빠져서 인생을 낭비하고 있는 건지.

다인의 곁에 있으면서 얼떨결에 주하 역시 긴 세월 진욱을 지켜봐 왔지만, 도통 그의 속을 알 수가 없었다. 도대체 감정이란 게 있는 인간인지. 이렇게 예쁜 다인을 보고 마음이 동하지 않는다니 사람인가 싶기도 했다.

그럴 거면 차라리 결혼을 하지 말든가, 창창한 청춘의 발목은 왜 잡은 건지. 머리부터 발끝까지 진욱이 얄미워 미칠 것만 같았다.

"오늘은 여기까지 하도록 하죠. 다음 시간에 봅시다."

매서운 눈길로 진욱을 노려보던 주하는 아쉬움의 한숨을 내쉬는 다인을 향해 고개를 돌렸다.

"그렇게 아쉬워? 어차피 집에 가면 볼 텐데."

주하는 몸을 숙여 다인에게만 들릴 정도의 작은 목소리로 속삭였다.

"그래도 마음껏 오래 볼 수 있는 건 지금뿐이란 말이야."

강의실 밖으로 걸음을 옮기는 진욱에게서 시선을 못 떼던 다인은 그의 모습이 온전히 사라지고 나자 풀 죽은 강아지처럼 고개를 숙였다.

"매일 물리학 교양 시간이면 좋겠다."

"20년 가까이 짝사랑했으면 이제 질릴 때도 되지 않았니?"

"그러게. 나도 좀 질렸으면 좋겠네."

싱그러운 다인의 미소에 멀리서 그녀를 바라보고 있던 남학생들의 얼굴이 붉어졌다. 저렇게 좋아하는 남자들이 많은데, 어찌해서 유다인은 최진욱밖에 볼 줄 모르는 바보로 태어났을까.

"다른 남자도 좀 만나 봐."

"미쳤니? 나 유부녀야."

물론 이름뿐이었지만. 결혼까지 했으나 진욱과 다인의 사이는 별로 달라진 게 없었다. 여전히 진욱은 어릴 적부터 알던 동생, 아니, 어쩌면 조카 정도로 그녀를 대하고 있었다.

"아직 첫날밤도 못 보냈다면서?"

시크한 성격답게 덤덤한 주하의 물음에 다인은 나지막하게 한숨을 내쉬었다.

"바로 그게 문제야."

"더군다나 괜찮은 남자 있으면 만나 보라고 했다며? 언제든지 보내 준다고."

다인의 한숨이 더욱 짙어졌다.

"그건 더더욱 문제고."

어느새 식당에 도착한 두 사람은 제일 구석에 자리를 잡고 식판을 내려놓았다.

"오빠 여전히 내가 여자로 보이지 않는 걸까?"

살짝 처진 동그란 눈이 그녀의 얼굴을 더욱 애처롭게 만들고 있었다. 아무리 생각해도 최진욱은 강심장이었다. 저런 표정을 보고도 동하지가 않다니. 여자인 자신도 다인이 저런 표정을 지을 때면 철렁하곤 하는데. 피가 얼음으로 만들어진 게 분명했다.

"그 인간이 특이한 거라니까."

진욱이 열두 살이나 많은 교수라는 사실을 인지하고 있음에도 말이 좋게 나가지 않았다.

"그렇지? 이것 봐. 나 가슴도 엄청 커졌다고. 잡지에서 알려 준 대로 가슴 운동 열심히 했거든."

옷 위로 가슴을 움켜잡는 다인의 행동에 멀찍이 떨어져서 넋을 잃고 그녀를 바라보던 남자 몇몇이 코피를 흘리며 식당 밖으로 뛰어나갔다.

"손 좀 내려놓지? 유혈 사태 더 보고 싶지 않으면."

나지막한 목소리로 건네는 주하의 경고에 다인은 한숨을 폭 내쉬며 손을 내려놓았다.

"섹시해지면 오빠가 덮쳐 줄 줄 알았는데."

"너 졸업할 때까진 안 한다고 했다며? 너도 동의하고 결혼한 거 아니야?"

"금방 마음이 변할 줄 알았지. 남자란 원래 본능에 약한 동물이니까."

입맛이 없는지 하얀 밥을 젓가락으로 푹푹 찌르며 다인이 무거운 한숨을 내쉬었다.

"힘내. 어쨌든 결혼까진 했잖아."

결혼을 시키기 위해 진욱의 어머니가 위염을 암으로 속이며 난리를 쳤던 일을 떠올린 주하는 그녀의 어깨를 토닥였다.

"그렇지? 어쨌든 오빤 내 거니까."

긍정의 아이콘 유다인답게 금세 배시시 웃는 모습이 참으로 해맑았다. 영문과에서 1등 자리를 노릴 정도로 뛰어난 머리에, 학교 내에 팬클럽까지 있을 만큼 빼어난 미모를 가졌음에도 불구하고 사랑에 있어선 참으로 바보 같았다. 이래서 세상에 완벽한 인간은 없다고 하는 걸까?

"더군다나 엄청난 비장의 무기도 있다고. 오늘 밤엔 기필코 성공할 거야."

하얀 얼굴에 번지는 미소가 묘하게 섹시했다. 주먹을 불끈 쥐는 다인을 보며 주하는 조용히 고개를 내저었다. 그 계획이 실패할 거란 쪽에 전 재산을 걸 수 있다고 생각하면서.

얼마 전 인터넷에서 주문한 검은 란제리를 입은 다인이 흐뭇한 얼굴로 거울을 바라보았다. 제가 보아도 무척이나 섹시한 모습에 비장한 얼굴로 고개를 끄덕였다.

성숙함을 더욱 이끌어 낼 수 있는 향수까지 뿌린 다인은 천천히 문을 열고 나갔다. 타깃은 바로 거실에서 뉴스를 보고 있는 제 남편, 진욱이었다.

"오빠."

조심스레 진욱을 부르며 다인이 그의 곁으로 다가갔다.

"응, 왜?"

여전히 TV에서 시선을 떼지 않는 진욱을 슬그머니 흘겨보며 곁에 앉았다. 손으론 그의 탄탄한 허벅지를 매만지면서.

하지만 역시 쉬운 상대가 아니었다. 슬그머니 몸을 일으킨 그는 다인에게 시선도 주지 않은 채, 옆으로 자리를 옮겨 갔다.

"오빠, 나 좀 보지?"

계속되는 다인의 재촉에 진욱이 나지막하게 한숨을 내쉬더니 천천히 시선을 돌렸다.

"짜잔, 나 어때?"

목구멍까지 차오르는 긴장을 억누르며 다인이 애써 밝은 목소리로 물었다. 오늘은 기필코 이 남자를 쓰러트리고 말겠다는 결심을 한 갈색 눈이 예쁘게 반짝였다.

자신을 바라보는, 속을 알 수 없는 검은 눈에 짧게나마 동요가 일었다. 역시 란제리를 주문하길 잘했다고 생각하며, 다인은 서서히 소파에서 몸을 일으켰다.

"이제 좀 여자로 보여?"

천천히 걸음을 옮겨 진욱의 앞으로 다가간 다인이 나지막한 목소리로 물었다. 하지만 진욱의 입에서 흘러나온 건 한숨이었다. 무거운 숨을 내쉰 그는 소파 위에 있는 얇은 담요로 손을 뻗었다.

"아직 밤엔 쌀쌀해. 그러고 있다 감기 걸려."

헐벗은 다인의 몸을 담요로 감싸 준 그가 가볍게 그녀의 머리를 쓰다듬었다.

"감기 걸리면 오래가잖아, 너. 따뜻하게 입어."

내뱉는 말은 어찌나 다정한지. 평상시 같으면 이 다정한 말이 좋아 배시시 미소를 지었겠지만, 비장한 유혹도 실패했다는 생각에 웃음이 나오지 않았다.

"늦었다. 자라. 난 논문 쓸 게 있어서."

다인의 볼록한 이마를 가볍게 톡 건드린 진욱은 곧장 걸음을 옮겨 서재 안으로 들어가 버렸다. 홀로 거실에 남겨진 다인은 그가 몸에 둘러 준 담요를 신경질적으로 벗어 던졌다.

"춥긴 뭐가 추워. 밖도 아니고 집 안에 있는데."

툴툴거리던 다인은 그래도 잠깐이나마 동요가 일던 그의 검은 눈을 떠올리며 이내 다시 미소를 지었다.

"그래, 첫 술에 배부를 수는 없지. 좋아. 다음번엔 기필코 쓰러트린다."

밝은 미소를 지은 다인이 서재를 바라보며 주먹을 불끈 쥐었다.

기고만장하게 떵떵거렸던 그날 이후 다인은 더욱 맹렬히 공부에 열중했다. 네티즌의 힘까지 빌려 가면서 말이다.

여자가 섹시해 보일 때는 언제인가요?

진지한 얼굴로 인터넷 게시판에 질문을 올린 다인은 초조하게 모니터를 바라보았다. 잠시 후 띠링, 하는 소리와 함께 답변이 달렸다.

'우리 집에 아무도 없는데 라면 먹고 갈래?'라고 할 때.

제일 먼저 달린 답변을 보고, 다인은 침울한 표정을 지었다. 이미 같이 살고 있는 자신에겐 전혀 해당되지 않는 유혹 방법이었다.

다리 꼬고 있을 때.

얼굴 예쁜 여자가 몸매도 예쁠 때.

무조건 예쁜 여자. 얼굴이 곧 섹시함임.

가슴 큰 여자!

너 초딩이지? 어린놈의 자식이 공부는 안 하고 인터넷에서 이런 거나 물어보고 있냐. 이 시간에 공부나 하셈.

도움이 안 되는 쓸데없는 답변들에 실망하고 있을 때쯤 아주 긴 답변 하나가 달렸다.

안녕하세요, 저는 스물여덟 살 남자입니다. 여자가 섹시할 때는 많은데요. 제 기준으로는 애인이 샤워를 하고 나와 젖은 머리를 풀어 헤치고, 제 커다란 와이셔츠를 입고 있을 때 무척이나 섹시한 것 같습니다. 남자들은 의외로 후각에도 예민하니까 상큼한 비누향을 풍겨 주면 더욱 좋을 것 같네요. 제 답변이 도움이 될지 모르겠습니다, 하하.

아주 도움이 많이 되었어요.

답변을 달아 준 사람에게 포인트를 팍팍 건네주고 다인은 진욱의 방으로 달려갔다. 그리고 비장한 얼굴로 그의 옷장에서 하얀 와이셔츠를 꺼냈다.

"오늘은 꼭 유혹하고 말겠어."

다시 한 번 주먹을 불끈 쥐며 다짐하는 다인이었다.

샤워를 하고 나온 다인은 곧장 핸드폰을 꺼내 들었다.

〈오빠, 언제 와?〉

진욱에게 메시지를 보내 놓고 다인은 거울에 비치는 제 모습을 바라봤다. 팬티만 착용한 알몸에 커다란 와이셔츠를 입고, 곱슬거리는 긴 머리를 풀어 헤친 스스로의 모습이 꽤나 만족스러웠다.

"아주 섹시해."

빙그르르 돌며 풀어진 단추 사이로 살짝 드러난 가슴과 늘씬한 허벅지를 쭉 훑어본 다인은 울리지 않는 핸드폰을 보며 입을 삐죽였다.

기껏 또 다른 비장의 무기를 준비했건만, 시도도 못 해 보고 끝나는 건 아닐까 하는 불안감에 초조해졌다.

"답을 빨리 해 주면 오빠가 아니지."

다인은 지친 얼굴로 몸을 돌려 폭신한 진욱의 침대에 엎드렸다. 코를 통해 느껴지는 진욱의 스킨향에 기분이 좋아져 보드라운 이불에 얼굴을 비볐다. 꼭 그에게 안겨 있는 듯한 느낌이 들었다.

이불이 아니라 실제 진욱에게 안기면 더욱 좋겠지만, 결혼한 지 1년이 넘도록 그녀를 안아 주지 않는 그였다.

아니, 오히려 결혼하고 나서 더욱 차가워졌다. 예전엔 자주 마주치지는 못했지만, 만날 때마다 다정하게 머리를 쓰다듬어 주거나 어깨를 토닥여 주곤 했는데 요즘엔 그런 스킨십조차 없었다.

"역시 결혼하기 싫었던 걸까."

몸을 동그랗게 웅크린 다인은 와이셔츠 안으로 다리를 집어넣고 고개를 숙였다. 아주머니, 아니, 시어머니의 작전에 결혼까지 하게 되어 매우 기쁜 자신과 다르게 진욱의 표정은 예전보다 더욱 차가워졌다.

"후회할지도 몰라."

남들은 서로를 탐하느라 뜨거울 첫날밤에, 침대 머리맡에 다인을 앉혀 놓은 진욱은 진지한 얼굴로 그녀를 향해 충고를 건넸다.

31

"아직 네 세상은 너무 좁아. 그러니까 네 감정에 너무 자신하지 마. 나 말고 다른 사람이 눈에 들어올 수도 있으니까."

절대 그럴 리 없다는 다인의 외침에도 진욱은 냉정한 얼굴로 고개를 저었다.

"졸업할 때까지 네 마음이 바뀌지 않는다면 그때 제대로 시작하자."

"천재면 뭐해. 여자 마음을 모르는데."

다인의 핑크색 입술이 더욱 삐져나왔다. 백 년, 아니, 천 년이 지나도 진욱을 향한 제 마음은 변함없을 거라 자신했다. 이성에 대해 알지 못할 때부터 그를 사랑했다. 그는 자신이 정한 운명이었으니까.

지이잉.

귓가에 들리는 핸드폰 진동 소리에 다인이 고개를 들었다. 후다닥 몸을 움직여 거울 앞 협탁 위에 올려 둔 핸드폰을 집어 들었다. 하지만 '늦어'라고 퉁명스럽게 적힌 진욱의 메시지를 확인한 순간 시무룩한 표정을 짓고 말았다.

〈늦어도 안 자고 기다릴게.〉

비장한 얼굴로 메시지를 보낸 다인은 핸드폰을 손에 꼭
쥔 채 침대에 주저앉았다. '기다리지 마'라는 짤막한 답장에
또다시 힘이 쭉 빠졌지만.

"그런다고 포기할 내가 아니지."

오늘은 기필코 덮치고 말 것이다. 열두 살이라는 나이 차
이에 늘 자신을 어린애 취급하는 진욱에게 여자로 보일 방
법은 그것밖에 없었다. 졸업할 때까지 기다릴 인내력이 더는
남아 있지 않았다.

책을 보던 진욱은 등골이 서늘해지는 느낌에 의자에서 몸
을 일으켰다. 퇴근 준비를 하고 있던 조교 재윤이 그런 그를
의아한 눈빛으로 바라봤다.

"뭐 필요한 거 있으세요, 교수님?"

"아니, 그냥 몸이 좀 으슬으슬해서. 3월인데도 춥네."

"그러게요. 근데 퇴근 안 하세요?"

불타는 금요일만이라도 일찍 퇴근하고 싶은지, 재윤이 진
욱의 눈치를 살폈다.

"책 좀 읽다 가려고."

"새로운 논문 준비하시는 거예요?"

요 며칠 진욱이 열심히 읽고 있는 책으로 슬쩍 시선을 돌린 그였다.

"뭐, 비슷해. 들어가 봐. 괜히 내 눈치 보지 말고."

"네. 그럼 이만 가 보겠습니다."

고개를 숙인 뒤 문을 열고 나가는 재윤에게 손을 흔든 진욱은 커피포트 앞으로 걸음을 옮겼다. 종이컵에 믹스 커피를 탄 뒤 뜨거운 물을 붓고 자리로 돌아왔다.

논문 준비라. 하긴, 이런 쪽으론 조만간 논문까지 쓸 수 있을 기세였다.

'그 남자의 동안 비법'이란 책 제목을 보며 진욱은 씁쓸한 미소를 지었다. 열두 살 어린 아내와 산다는 것은 생각만큼 쉽지가 않았다.

자신을 향한 맹목적인 다인의 사랑을 알면서도 두려웠다. 최진욱으로 가득 찼던 유다인의 세계가 부서지는 것이.

그녀가 최진욱의 실체를 사랑한다 믿지 않았다. 아니, 다인은 한 번도 자신의 실체를 마주한 적이 없었다. 집착으로 가득한 그 실체를 스스로 꼭꼭 숨기고 있었기에.

지이잉, 지이잉.

복잡한 생각을 깨기라도 하듯 시끄럽게 핸드폰이 울렸다.

오랜 친구인 지환의 이름을 확인한 진욱은 앞머리를 쓸어 넘기며 전화를 받았다.

—어디야?

"학교."

—바빠? 술이나 한잔할까 했더니.

"아니야. 안 그래도 한잔하고 싶었어."

—웬일이냐? 네가 한 번에 오케이를 다 하고.

"어디로 가?"

귀찮은 질문은 사절이라는 듯 진욱은 지환의 물음을 단번에 잘라 냈다.

—늘 가는 바(Bar)에서 보지, 뭐.

"그래, 그러자."

전화를 끊은 진욱은 기다리겠다는 다인의 메시지를 보며 나지막한 한숨을 내쉬었다. 바로 어제 섹시한 란제리를 입은 다인으로부터 유혹을 받았기에, 일부러 집에 늦게 들어가려고 애를 쓰고 있었다. 혹시나 똑같은 일이 벌어진다면, 더는 자제할 자신이 없었기에.

학교 근처에 있는 바에 도착한 진욱은 손을 들어 인사를

건네는 지환을 향해 다가갔다.

"애인이랑 헤어졌냐?"

퉁명스러운 목소리로 정곡을 찌르는 진욱의 말에 지환은 머쓱한 표정을 지었다.

"하여튼 눈치는 무지 빨라."

"뻔하지. 그렇지 않고서야 네가 금요일 밤에 날 만날 리 없잖아."

지환이 건네는 맥주를 받아 들며 진욱은 무심한 시선으로 그를 바라봤다.

"그러는 넌 왜 꽃같이 어여쁜 아내를 두고 방황하실까? 그 것도 한창 불타오르는 신혼 때."

다인에게 주하가 있다면, 진욱에겐 지환이 있었다. 사실 지환이 일방적으로 진욱에게 붙어 다닌다는 게 더 정확한 표현 이겠지만, 어쨌든 특유의 능글거림으로 오랜 시간 그의 곁에 함께하는 유일한 친구였다.

결혼할 때 진욱의 어머니 부탁으로 사회까지 봤으니, 둘 사이를 잘 알고 있는 것도 당연지사였다.

"아, 그거구나? 체력이 달려?"

실실 웃으면서 귓가에 속삭이는 지환에게 진욱은 무표정 으로 응수했다. 돌아오는 반응이 없음에도 지환은 전혀 신경 쓰지 않는다는 듯 분주하게 손을 움직였다. 들고 온 가방을 바삐 뒤지던 그가 부추즙을 꺼내더니 인심 쓰듯 말했다.

"그럴 줄 알고 이 형님이 준비했다. 이게 남자 몸에 아주 좋아."

부추즙의 비닐 포장을 쭉 뜯어서 진욱에게 내민 지환이 싱긋 웃었다.

"됐어."

"하여튼 최진욱 자존심은. 이 형님이 다 안다. 솔직히 버겁 잖아. 아내가 어려도 너무 어리니. 자자, 사양 말고 쭈욱 들이켜."

귀찮은 얼굴로 부추즙을 받아 든 진욱은 그것을 조용히 지환의 입에 넣었다. 얼떨결에 부추즙을 받아 마신 지환은 당황한 얼굴로 눈을 깜박였다.

"야! 너 먹으랬지, 누가 나 주랬냐? 힘 쓸 데도 없고만."

말은 그렇게 하면서도 마지막 남은 한 방울까지 입안에 탈탈 털어 넣는 그였다.

"나도 마찬가지야."

지환을 더 상대하기 귀찮아진 진욱이 맥주를 삼키며 통명 스러운 목소리로 말했다.

"뭐? 너 설마 아직까지 안 잤어?"

진욱의 얼굴이 미세하게 떨리는 걸 캐치해 낸 지환이 눈을 커다랗게 떴다.

"너 그럼 아직까지 동정이야?"

가게 안이 울릴 만큼 커다란 목소리로 묻자 사람들의 시선이 집중되었다. 바 안 공기까지 얼어붙게 만드는 진욱의 눈빛에 이내 모두 고개를 돌려 버리고 말았지만.

"하하, 미안."

눈에서 흘러나오는 살기만으로 사람을 죽일 것 같은 진욱의 포스에 지환이 재빨리 꼬리를 내렸다.

"부끄러운 거 아니잖아. 얼마나 멋져. 남자도 순결을 지킬 수 있지. 암, 그렇고말고."

"좀 닥치지?"

살벌한 진욱의 말투에 지환은 손을 들어 조용히 자신의 입을 막았다. 하지만 그것도 잠시, 호기심을 주체하지 못한 그는 맥주를 단숨에 쭉 들이켜곤 진욱을 바라봤다.

"그런데 도대체 왜 안 자는 거야? 너희 부부잖아. 이유가 뭐야?"

"알 것 없잖아."

"하긴 좀 부담스럽겠다. 왠지 순수한 아이를 더럽히는 것 같고. 다인이는 이제 막 성인이 되었으니."

혼자 이런저런 추리를 하는 지환의 등을 진욱이 가볍게 내리쳤다.

"시끄러워서 술맛 떨어졌어. 나 먼저 간다."

지환이 붙잡을 틈도 주지 않고 진욱은 밖으로 나왔다. 차가운 밤공기를 맞으며 교수실로 돌아온 그는 가죽 의자에 몸을 기대었다. 시계 시침이 새벽 3시를 가리킬 때까지 앉아 있다 지친 몸을 일으켰다.

부담스럽다, 그런 단순한 이유였다면 차라리 좋았을 것을.

택시를 잡아타고 집에 돌아온 진욱은 이미 고요해진 집 안으로 조심히 발을 내딛었다.

문이 살짝 열려 있는 제 방 앞에 멈춰 선 그는 틈 사이로 보이는 다인의 모습에 숨을 죽였다. 하얀 와이셔츠 하나만 입고 침대에 누워 잠들어 있는 다인의 모습은 지독하게 유혹적이었다.

천천히 안으로 들어온 진욱은 하얗고 가느다란 다인의 발목을 바라보았다.

지독한 소유욕이, 그녀를 향한 욕망이 마음을 잠식해 나갔다. 여린 발목을 꺾어 제 곁에 두고 싶어졌다. 아무도 다인을 볼 수 없도록, 오직 자신만 볼 수 있도록 그렇게 곁에 두고 싶었다.

"하."

순식간에 이성을 날아가 버리게 만드는 추악한 본능에 진욱은 거친 숨을 토해 냈다. 이불을 들어 다인의 몸을 덮어 준 뒤 서둘러 침실을 벗어났다.

다인을 향한 소유욕은 날이 갈수록 강해져만 갔다. 그래서 무서웠다, 그녀를 안는 것이. 그랬다간 본능에 완전히 잠식당할 것 같아 두려웠다.

본능을 억제하고 있는 이 차가운 가면이 벗겨지는 그날이 온다면, 자신을 바라보는 따뜻함 가득한 두 눈이 두려움으로 변할까 봐. 더는 사랑스럽고 해맑은 미소를 보여 주지 않을까 봐…….

눈을 번쩍 뜬 다인은 당황한 얼굴로 침실을 둘러보았다.

"아, 또 잠들어 버렸어. 이 바보야, 그깟 잠 하루 안 잔다고 죽니? 죽어?"

머리를 주먹으로 콩콩 쥐어박으며 다인은 고개를 내저었다. 하여튼 지나치게 넘치는 이놈의 잠이 문제였다. 밤 12시만 넘기면 누가 업어 가도 모를 정도로 뻗어 버리니.

"하아."

안타까운 한숨을 내쉬며 다인은 터벅터벅 걸음을 옮겨 진욱의 방을 빠져나왔다. 식탁에 앉아 커피와 토스트를 먹으며 신문을 보고 있던 진욱이 고개를 들어 그녀를 바라보았다. 연하늘색 니트에 살짝 걷어 올린 옷소매 사이로 보이는 힘줄이 미치도록 섹시했다.

"깼어?"

거기다가 부드러운 로우톤의 목소리는 어찌나 감미로운지 듣고 있는 것만으로도 흥분될 지경이었다.

"오빠."

끝내 본능을 이기지 못한 다인이 진욱에게 쪼르르 달려가 안겼다. 아니, 어깨를 꽉 붙잡는 그의 손에 저지당해 끝내 안기지는 못했다.

"토스드 먹어. 우유 줄까?"

그대로 다인을 식탁 의자에 앉힌 진욱이 냉장고 쪽으로 가며 물었다.

"오빤 내가 아직도 어린애로 보이지?"

"우유 싫어? 그럼 주스?"

"지금 그게 중요해? 어제 몇 시에 왔어?"

오렌지 주스를 따른 진욱이 다인의 앞에 잔을 놓아 주었다.

"먹어. 배고프겠다."

"배가 고픈 게 아니라 사랑이 고프다고. 이것 봐. 내가 아직도 애처럼 보여? 이렇게 섹시한데?"

브래지어를 입지 않은 걸 떠올리며 다인은 대범한 손길로 와이셔츠 단추를 풀었다. 그런 다인을 보며 나지막하게 한

숨을 내쉰 진욱은 식탁 의자에 걸려 있던 카디건을 들고 일어섰다. 그리고 어린아이에게 턱받이 해 주듯 그대로 그녀의 몸에 카디건을 둘러 주었다.

"오빠!"

"빵도 먹여 줘?"

"됐어. 진짜 너무해."

핑크빛 입술을 쭉 내민 다인이 신경질적인 손길로 토스트를 집어 들었다. 무덤덤한 얼굴로 다시 신문을 읽는 진욱을 조용히 흘겨보면서.

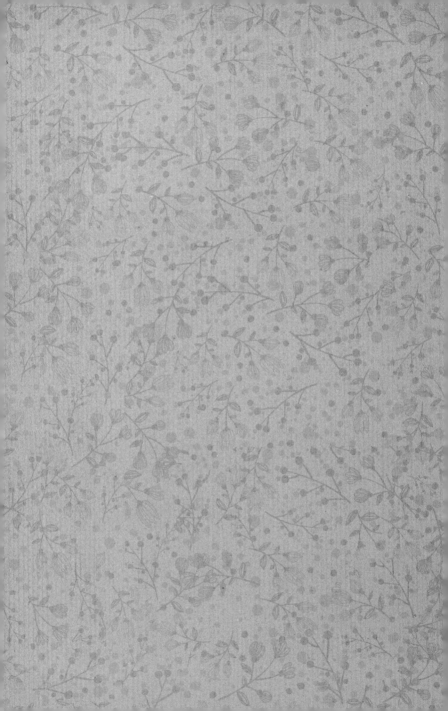

1Prof.
Choi's Secrets

월요일 아침, 강의실에 도착하자마자 보이는 풀 죽은 다인의 모습에 주하는 조용히 고개를 내저었다. 보아하니 아무래도 작전이 실패한 모양이었다.

"잘 안 됐어?"

퉁퉁 부어 있는 다인의 볼을 보며 주하가 조심스레 물었다.

"시도도 제대로 못 해 봤어."

"그럴 줄 알았다."

"아, 몰라. 오빠는 진짜 내가 여자로 안 보이나 봐."

책상에 엎드리는 다인을 보며 주하가 눈을 반짝였다. 차라리 이번 기회에 다인에게 다른 남자를 소개시켜 줄까 하는 생각이 고개를 쳐들었다. 평생 최진욱밖에 모르고 살고 있는 이 불쌍한 중생을 구제하고 싶었다.

"나랑 미팅 나갈래? 오늘 K대 건축과랑 미팅 있는데."

"됐어. 말했지, 나 유부녀라고."

소곤소곤 속삭이는 다인을 향해 주하는 생긋 미소를 지어 보였다.

"네가 이래서 안 되는 거야."

"뭐가?"

"남자를 자극하는 가장 좋은 방법이 뭔지 알아?"

주하의 물음에 다인이 슬그머니 몸을 일으켰다.

"뭔데?"

"질투. 궁금하지 않아? 그 인간이 너한테 질투를 할지, 안 할지."

유다인의 단순함은 그 누구보다 주하가 잘 알고 있었다.

"미팅이 몇 신데?"

"6시. 학교 앞 호프집에서."

"좋아. 당장 오빠에게 알려야겠다."

핸드폰을 꺼내 드는 다인의 손을 주하가 황급히 붙잡았다.

"바보니? 그런 걸 네가 알려서 어쩌겠다는 거야? 질투 작전이라는 거 티 낼 일 있어?"

"그럼 어떻게 알려?"

"내가 알아서 할게."

"정말?"

사실 진욱의 반응이 궁금한 건 주하 역시 마찬가지였다. 이렇게 하는데도 반응이 없다면, 그 인간은 정말 영원히 아웃이다.

"다녀올게."

강의가 끝나자마자 주하는 다인의 어깨를 두드리며 말했다.

"응. 오빠 반응이 어땠는지 자세히 말해 줘야 해."

"그래."

다인의 넘치는 기대에 부응하는 반응이 나와야 할 텐데, 평상시 진욱의 모습을 생각해 봤을 때 그런 반응은 기대하기 어려웠지만. 교수실 앞에 선 주하는 손을 뻗어 천천히 노크를 했다.

"들어와요."

다행히 강의가 없는지, 진욱의 목소리가 문을 타고 흘러나왔다. 안으로 들어가자 타이밍 좋게 조교의 모습도 보이지 않았다.

"안녕하세요, 교수님."

"이주하, 무슨 일이야?"

늘 다인과 한 쌍처럼 붙어 다니는 주하였기에 진욱 역시 그녀를 잘 알고 있었다.

"제가 어제 영화를 봤는데 궁금한 게 있어서요. 웜홀을 통해서 시간 여행을 한다는 게 정말 가능한 일이에요?"

다짜고짜 미팅 이야기를 꺼낼 수는 없었기에 일단 주하는 가벼운 화제로 대화를 시작했다.

"불가능해, 이론상으로는. 웜홀은 순식간에 붕괴되게 되어 있어. 유지가 되려면 음에너지가 필요한데 그게 충분하지가 않아. 뭐, 진보된 먼 미래에선 가능한 일일지도 모르지만."

"아, 그렇군요."

"어차피 그게 궁금해서 온 거 아니잖아. 용건이 뭐야?"

자신을 바라보는 예리한 검은 눈에 주하는 순간 당황할 뻔했다.

"용건은요, 무슨. 그냥 궁금해서 왔다니까요."

"그럼 됐어. 가 봐."

서류로 시선을 돌리는 진욱을 보며 주하가 천천히 뒤돌아섰다. 그러다 문 앞에 멈춰 서서 다시 그를 돌아보았다.

"참, 오늘 다인이 좀 늦을 거예요."

"알겠어."

왜 늦는지 묻지도 않을 줄이야. 주하는 괜한 오기가 생겼다.

"미팅하거든요. 들리는 말에 의하면 남자들이 아주 괜찮대요. K대에서 알아주는 킹카들만 나온다나 봐요."

서류를 뒤적거리던 진욱의 손이 순간 멈칫했다. 하지만 그것도 잠시, 그는 이내 차분한 손짓으로 다시 서류를 넘기기 시작했다.

"그래, 알려 줘서 고마워. 저녁은 준비 안 해도 되겠군."

그때 교수실 문이 열리며 조교인 재윤이 들어왔다. 할 말을 잃은 주하는 그저 고개를 숙이고 나올 수밖에 없었다.

"뭐야, 저게 다야? 저녁은 안 해도 되겠군? 뭐 저런 인간이 다 있어?"

덤덤한 진욱의 반응에 괜스레 더 신경질이 났다.

커피숍에 앉아 무료하게 미팅 시간을 기다리는 다인의 시선은 핸드폰에서 떨어질 줄 몰랐다. 미세한 진동에도 민감하게 반응하며 핸드폰을 살피다 이내 풀 죽은 얼굴로 고개를 떨궜다.

"그러다 핸드폰 닳겠다."

보다 못한 주하가 혀끝을 쯧쯧 차며 잔소리를 뱉어 냈다.

"너 확실히 말한 거 맞아? 너무 빙 돌려 말해서 오빠가 못 알아들은 거 아냐?"

돌려 말하기는커녕 흥분하는 바람에 원래 생각하고 있던 것보다 더 과장되게 말했다. 하지만 차마 그 사실을 다인에게 알릴 수 없어 주하는 한숨을 폭 내쉬며 그녀의 동그란 어깨를 토닥였다.

"확실히 알아들었을 거야."

"그런데 왜 연락이 없지?"

"됐어. 그런 인간 신경 쓰지 말고 오늘은 아무 생각 없이 놀자. 네가 이러니까 그 인간이 긴장감이 없는 거라고. 이번 기회에……."

열변을 토하던 주하는 자리에서 일어나는 다인의 모습에 말을 멈추었다.

"어디 가게? 이제 곧 호프집으로 이동해야 되는데."

"미안. 나 그냥 안 갈래."

"왜?"

"갑자기 바꾼 거니까 원래대로 네가 가. 오빠는 아무런 반응도 없는데, 뭐. 아니, 내가 딴 남자 만난다고 하면 더 좋아할지도 모르지."

기운 빠진 목소리로 중얼거린 다인이 테이블에 올려 둔 핸드폰을 챙겨 들었다.

"그럴수록 더욱 보여 줘야지. 너도 딴 남자 만날 수 있다는 걸."

"그럴 기운도 없다. 오빠 연락 기다리다 지쳤어. 미안, 갈
게."

주하가 붙잡을 틈도 주지 않고 다인은 커피숍 밖으로 빠
져나왔다. 여전히 울리지 않는 핸드폰을 원망스러운 눈으로
바라보다, 버스 정류장을 향해 걸음을 옮겼다.

어두운 얼굴로 버스를 기다리던 다인은 왠지 모르게 이대
로 집에 들어가기 싫어졌다. 마지막 오기가 발동해 멋대로
핸드폰 자판 위에서 손가락이 움직였다.

〈나 늦어.〉

메시지를 보낸 다인은 초조한 얼굴로 엄지손톱을 깨물었
다. 지금이라도 조금의 질투를 내비쳐 준다면 좋을 텐데. 조
용한 핸드폰을 보는 다인의 눈빛이 초조하게 빛나고 있었다.

✤   ✤   ✤

대충 냉장고에 있는 반찬들을 꺼내 잘 넘어가지 않는 밥
을 먹고 있던 진욱은 때마침 도착한 다인의 문자에 묵직한
한숨을 내뱉었다. '그래'라고 답을 적다 괜스레 신경질이 나

들고 있던 핸드폰을 그대로 던지고 말았다.

아무렇지 않게 행동하고 있다 해서 속까지 아무렇지 않은 건 아니었다. 힘겹게 넘긴 밥알들이 목구멍을 가득 메우는 것 같아 컵에 따라 놓았던 물을 단숨에 삼키었다. 입맛이 뚝 떨어져 더는 식사를 이어 나갈 수가 없었다.

무기력한 얼굴로 의자에서 몸을 일으킨 진욱은 곧장 제 방으로 들어가 침대에 몸을 뉘었다. 생각이란 걸 하지 않으려고 할수록 머릿속은 복잡해졌다. 눈을 시리게 만드는 피로감에 유난히 무겁게 느껴지는 팔을 들어 두 눈을 가렸다.

아무것도 보이지 않는 짙은 어둠이 그를 무의식의 세계로 이끌었다. 잊고 싶어도 잊지 못하는 끔찍한 그 시절로 자신도 모르게 빨려 들어가고 있었다. 삐악삐악 귀엽게 울어 대는 병아리 소리와 함께.

"이리 와."

따뜻하고 보드라운 솜털을 가진 병아리가 자꾸만 제 손을 벗어나 멀어지는 게 마음에 들지 않았다. 어린 진욱의 외침에도 병아리는 멈출 생각을 하지 않고 자꾸만 멀어지려 했다.

"이리 오래도."

간신히 붙잡은 병아리는 고사리같이 작은 진욱의 손을 단숨에 빠져나갔다. 사랑스럽고 자그마한 생물체가 자신을 벗어나는 게 신경질이 났다.

"가지 마. 여기 있어."

다급하게 손을 내뻗어 보았지만, 요리조리 도망치는 병아리를 붙잡는 게 쉽지 않았다. 귀엽고 사랑스러운 병아리에게 단숨에 마음을 빼앗긴 진욱은 점점 초조해져 갔다. 병아리가 벗어나는 게 싫었다. 제 손에 저 아이를 가두고 싶어졌다.

"가만히, 가만히 있어."

달콤한 먹이로 병아리를 유혹해 손에 넣은 어린 진욱의 얼굴에 만족스러운 미소가 번졌다.

"이제 아무 데도 못 가게 해 줄게."

작은 손에 잔뜩 힘이 들어갔다. 그 손아귀의 힘에 의해 병아리의 여린 다리가 똑똑 부러졌다. 다리가 부러진 병아리에겐 아무런 힘이 없었다.

"따뜻하다. 늘 내 곁에 있어."

보드라운 병아리 털을 볼에 가져다 대는 진욱의 얼굴에
따뜻한 미소가 번져 나갔다.
하지만 얼마 지나지 않아, 그 미소는 울음으로 변하고 말
았다. 손바닥에 올려놓은 병아리가 아무런 미동도 없이 차갑
게 식어 가는 걸 느끼며 진욱은 애처로운 눈물을 토해 냈다.

"왜 그래? 움직여 봐. 움직여 보래도!"

진욱의 울음 섞인 목소리에 놀란 엄마가 달려왔다.

"진욱아, 왜 그래?"
"병아리가…… 안 움직여요. 난 그냥 함께 있고 싶었던 것뿐
인데."

다리가 꺾인 병아리를 보는 엄마의 눈은 충격으로 일렁였
다. 그때야 깨달았다. 자신이 잘못했음을. 그리고 가장 닮기
싫었던 아버지의 병적인 집착을 닮아 있음을.

시끄럽게 울어 대는 전화벨 소리에 진욱은 자신을 괴롭히던 꿈에서 깨어났다. 어느새 깜깜해진 방 안에는 전화기만 빛을 내며 그 존재를 알리고 있었다.

"여보세요."

느릿한 손길로 수화기를 든 진욱이 탁한 목소리로 입을 열었다.

─무슨 일 있니? 너도 다인이도 핸드폰을 안 받아서.

어머니 희연의 걱정스러운 목소리가 수화기를 통해 들려왔다.

"아니에요. 핸드폰을 딴 데 둬서 전화가 오는지 몰랐어요."

─다인이는?

"아, 좀 늦는대요."

방 안이 깜깜해 시계조차 볼 수가 없었다. 잠이 덜 깨 뻑뻑한 눈가를 손으로 주무르며 진욱은 침대에서 몸을 일으켰다.

─그래. 그래도 너무 늦는구나. 전화 한번 해 봐.

희연의 걱정에 시각이 꽤 늦었음을 눈치챌 수 있었다.

"네, 알겠어요."

─둘이 잘 지내고 있는 거지?

"그럼요. 어머니는 어때요? 몸은 좀 괜찮아요?"

걱정이 묻어 나오는 진욱의 물음에 희연이 포근한 웃음을 터트렸다.

─나야 뭐 괜찮지. 시골에서 좋은 공기 마시면서 생활하는데.

밝은 목소리 이면에 깃든 쓸쓸함을 진욱은 눈치채고 있었다. 내색은 하지 않았지만, 어머니의 병에 대해선 누구보다 그가 잘 알고 있었으니까.

"다행이네요. 조만간 다인이랑 같이 내려갈게요."

─그래. 다들 보고 싶어 해.

"네."

─별일 없다니 됐다. 이만 끊을게.

"쉬세요."

전화를 끊은 진욱은 곧장 전등 스위치를 켰다. 환한 빛에 느릿하게 눈을 몇 번 감았다 떴더니 이내 적응이 되었다. 벽에 걸린 시계를 본 진욱의 입에서 또다시 무거운 한숨이 흘러나왔다.

어느새 시곗바늘은 밤 11시를 향해 가고 있었다. 애써 덤덤한 얼굴로 침실을 벗어난 진욱은 곧장 핸드폰이 있는 주방으로 걸음을 옮겼다.

식탁 아래 뒹굴고 있는 핸드폰 쪽으로 몸을 숙인 진욱은 다인으로부터 아무런 연락이 와 있지 않음을 깨닫고 인상을 찌푸렸다.

힘겹게 자제하고 있는 마음이 거세게 요동쳤다. 오랜만에 꾼 꿈 때문일까? 평상시와 같은 절제력이 잘 발휘되지 않았다.

"휴."

차분하게 숨을 내쉬며 냉장고 앞으로 간 진욱은 차가운 생수를 꺼내 투명한 유리잔에 따랐다. 시리도록 차가운 물을 마시면 뜨겁게 과열된 감정을 식힐 수 있을 거라 생각했다. 하지만 아무런 소용이 없었다.

감정이 느껴지지 않는 덤덤한 얼굴과 다르게 그의 검은 눈엔 복잡한 속내가 그대로 드러나 있었다.

"가지 마."

병아리를 향해 내뱉던 제 목소리가 귓가에 울렸다.

"내 곁에 있어."

또다시 들리는 목소리와 함께 해맑은 다인의 미소가 떠올랐다. 손에 들고 있던 컵을 바닥으로 내던졌다.

쨍! 요란한 소리를 내며 컵이 깨지는 순간, 절제하고 있던 감정에도 날카로운 틈이 생겨났다.

다인은 도서관에 틀어박혀 빠른 손놀림으로 영어 단어들을 적어 내려갔다. 마음이 복잡할 때 하는 습관 중에 하나였다.

수천 개의 단어를 적어 내리고 있었지만 복잡한 마음은 쉬이 가라앉지 않았다. 밤 10시가 넘어가도록 연락 한 통 없는 진욱을 향한 분노만 커질 뿐이었다.

끝내 그에게서 연락 오기를 포기한 다인은 지친 얼굴로 자리에서 일어섰다.

그래도 결혼을 하게 되었을 땐 일말의 희망을 품었었다. 희연이 아프다는 거짓말로 두 사람을 묶었지만 적어도 자신에게 조금의 감정은 있었기에 그가 결혼을 받아들였다 믿었다.

그런데 이제 그것조차 자신할 수가 없었다. 아픈 어머니의 성화를 이기지 못해 결혼했을 뿐, 사실 진욱은 이 결혼을 끝내고 싶어 할지도 모른다는 의심이 마음속에 가득 피어올랐다.

졸업할 때까지 기다려 주겠다는 건 그저 단순한 핑계고, 졸업하면 부부 관계가 끝날 거라는 두려움이 여린 마음을 파고들었다.

그렇지 않고서야 이렇게 담담할 수 있을까? 아내가 다른 남자를 만난다는데 연락 한 통 없을 수가 있을까?

어느새 집 앞에 도착한 다인은 그와 함께 살고 있는 단독 주택을 어두운 눈으로 바라보았다.

처음 이 집에서 신혼살림을 차릴 땐 마냥 행복했었다. 그 토록 사랑하는 진욱과 함께 살 수 있게 된 것만으로도 세상을 다 얻은 것처럼 기뻤는데. 그저 옆에 있는 것만으로도 행복했었는데.

그런데 지금은…….

"사랑 받고 싶어."

인간의 욕심은 끝이 없었다. 사랑을 주는 것만으로도 행복했었는데, 시간이 지나니 그의 사랑이 받고 싶어졌다. 제 감정만큼이나 큰 사랑은 아니더라도, 적어도 최진욱에게 여자이고 싶었다.

지친 손길로 현관문을 열고 들어간 다인은 주방에 멍하니 서 있는 진욱의 모습을 발견하고 천천히 걸음을 옮겼다.

"오빠."

바닥에 깨진 유리컵의 파편이 보였지만, 그런 건 대수롭지 않았다. 오로지 상처 입은 제 감정밖에 보이지 않았다.

"정말 오빠한테 나는 여자가 아니야? 그래서 질투조차 안 해?"

날카로운 진욱의 검은 눈이 자신을 향하는 게 보였다.

"그럼 안아 주기라도 해. 혹시 알아? 자고 나면 내가 여자로 보일지. 그래, 잠이라도 자! 그래야 내가 여자로 보이든 뭐든 할 거 아니야!"

투정을 부리는 다인을 향해 진욱이 천천히 걸음을 옮겼다. 바닥에 흩어져 있는 유리 파편을 그대로 밟으며 다가오는 진욱의 모습에, 화를 내던 다인이 당황한 표정을 지었다.

"오빠, 발⋯⋯!"

더는 어떠한 말도 할 수 없었다. 거칠게 턱을 붙잡고 포개지는 그의 입술에 다인은 눈을 동그랗게 떴다. 그와의 키스를 수없이 많이 상상했었다. 하지만 상상과 현실은 달라도 너무 달랐다.

그의 혀가 놀라 도망치려는 그녀의 혀를 휘어 감고 깊숙이 빨아 당겼다. 치열을 빠르게 훑고, 거친 숨을 토해 내는 입술 안을 거칠게 헤집었다. 입안 구석구석 흔적을 남기듯 무자비하게 움직이는 혀에 다인은 여린 몸을 바들바들 떨었다.

그는 흡사 한 마리의 맹수 같았다. 냉정하고 차가우며 이성적인 모습은 그 어디에도 보이지 않았다. 혀와 혀가 얽히고, 타액과 타액이 뒤섞이며 점점 진해지는 키스에 제대로 정신을 차릴 수가 없었다.

허공에서 눈과 눈이 마주쳤다. 자신을 집어삼킬 듯한 욕망이 그대로 드러나는 검은 눈에 다인의 갈색 눈은 두려움으로 가득 찼다. 그 순간 그가 떨어졌다.

"겨우 키스 하나에 이렇게 떨면서 나한테 안길 수나 있겠어?"

천천히 손을 뻗은 진욱이 다인의 눈을 가렸다.

"두렵지? 네 눈빛이 그래. 이제 겨우 내 일부분을 마주했을 뿐인데."

눈을 가리고 있던 손을 힘없이 거둔 진욱이 서서히 그녀로부터 몸을 돌렸다.

"오빠, 발에서 피……."

손을 뻗어 팔을 붙잡으려 하자 진욱이 냉정하게 밀어 냈다.

"만지지 마. 지금 간신히 억누르고 있으니까. 더는 자극하지 마."

그 말에 다인은 그를 붙잡을 수가 없었다. 따뜻하게 감싸안아 주고 싶은데, 마음처럼 쉽게 손을 뻗을 수가 없었다. 두려울 정도로 강렬했던 키스의 여운이 아직 남아 있었기에.

피가 흐르는 발의 상처를 살펴볼 생각도 하지 않은 채, 불도 켜지 않은 컴컴한 방 의자에 힘없이 주저앉았다. 바들바들 떨리던 여린 몸의 감촉이 아직도 손끝에 남아 있었다. 그 옛날 병아리처럼.

그와 동시에 깊게 봉인해 두었던 기억 하나가 슬그머니 되살아났다. 바빠서 자주 볼 수 없었지만, 한없이 다정했던 아버지의 얼굴이 그의 옷에서 풍기던 병원 특유의 약품 냄새와 함께 떠올랐다.

아버지는 천사 같은 사람이었다. 하얀 의사 가운을 입고 아픈 이들을 고쳐 주는. 하지만 우연히 목이 말라 깬 깊은 밤, 살짝 열린 안방 문 사이로 진욱은 끔찍한 모습을 목격하고 말았다. 그곳엔 악마가 있었다.

"왜 아까 전화 안 받았어? 또 그 자식 만났었어?"

온몸에 소름이 돋을 정도로 차가운 아버지의 목소리, 그리고 공포에 질린 눈으로 고개를 내젓는 어머니의 모습은 여섯 살 진욱의 뇌리에 잔혹한 기억을 심어 주었다.

"넌 내 거야. 아무 데도 못 가. 내 여자야, 넌."

스산한 목소리로 주문을 걸 듯 중얼거리는 아버지의 말에 귀를 틀어막고 화장실로 뛰어 들어갔다. 변기를 붙잡고 주저

앉아 한참 동안 구역질을 해 댔다. 그때 똑똑, 화장실 문을 두드리는 낮은 노크 소리가 들려왔다.

문을 열고 나가자 다시 천사의 모습으로 돌아와 있는 아버지의 모습이 보였다.

"어디 아픈 거야? 괜찮니? 진찰 좀 해 볼까?"

다정한 아버지의 물음에 진욱은 천천히 고개를 내저었다.

"괘, 괜찮아요."
"그래? 그래도 혹시 모르니까 내일 아침에 같이 병원에 가자."
"……네."

믿기지가 않았다. 눈앞의 아버지와 방금 전 목격한 그 악마 같은 사람이 동일 인물이란 사실이. 아니, 믿고 싶지 않았다.

하지만 이후에도 그런 모습은 자주 목격되었다. 일부러 새벽에 일어나 안방 근처로 가면 어김없이 스산한 아버지의 목소리가 문틈 사이로 새어 나왔다. 혹시나 제가 깰까 숨죽여 흐느끼는 어머니의 울음소리와 함께.

그리고 얼마 지나지 않아……

"하!"

괴로운 듯 진욱은 거친 숨을 토해 냈다. 그와 동시에 침실에서 목을 매달고 죽어 있던 아버지의 모습이 머릿속에 떠올랐다. 호흡이 점점 더 거세졌다. 의자 팔걸이를 꽉 붙잡으며 거친 숨을 내뱉는 그 순간, 방의 불이 켜졌다.

"오빠, 괜찮아?"

부드럽고 따뜻한 다인의 목소리가 귓가에 들려왔다. 그러자 숨이 천천히 가라앉았다. 지금 이 순간 그녀의 목소리는 구원이었다. 아니, 늘 그랬었다.

"치료해야지. 이대로 두면 큰일 나."

구급상자를 들고 그의 앞에 선 다인은 무릎을 꿇고 앉아 상처투성이인 발을 살폈다. 너무나 갖고 싶은, 항상 곁에 두고 싶은 따뜻한 빛이었다. 이 아이는 늘 봄날 같았다.

"많이 다쳤다."

핀셋으로 조심스레 발바닥에 박힌 유리 조각들을 빼내고 소독약을 살살 바른 다인은 부드러운 손길로 붕대를 감았다.

"무서웠던 거 아니야."

붕대를 다 감은 다인이 고개를 들어 말간 눈으로 그를 올려다보았다. 한 점 흔들림 없는 따뜻한 갈색 눈에 진욱은 천천히 손을 뻗어 그녀의 보드라운 머리를 가볍게 쓰다듬었다.

"진짜야. 처음이라 조금 놀랐을 뿐이야."

"그래. 알았어."

제 말을 믿어 달라는 듯 보채는 모습조차 사랑스러웠다.

"내가 오빠 얼마나 사랑하는데. 오빠랑 키스하는 순간을 얼마나 기다렸는데. 무서워할 리가 없잖아."

애써 가라앉힌 다인을 향한 소유욕이 들끓었다. 그녀의 머리를 다정하게 쓰다듬던 손을 천천히 떼어 냈다.

"고맙다. 이제 그만 가서 자."

의자에서 몸을 일으키려는 진욱을 다인이 두 팔로 막아섰다.

"이제야 조금 오빠한테 여자가 된 것 같아."

살짝 뺨을 붉히며 말하는 모습이 얼마나 사랑스러운지 너는 알까?

"그러니까 내가 싫어할 거란 생각은 절대 하지 마."

너라면 괜찮지 않을까. 너라면 내 모든 것을 이해해 주지 않을까. 그런 기대가 또다시 샘솟았다.

"그럼 잘 자. 그리고 이건……."

잠시 머뭇거리던 다인이 보드라운 핑크빛 입술을 그의 입술에 부딪쳐 왔다.

"굿나잇 키스. 이 정도는 해도 되잖아, 이제. 갈게."

말은 당당하게 하면서도 부끄러운지 다인은 재빨리 그의 방을 빠져나갔다. 홀로 남겨진 진욱은 푹 숙이고 있던 고개를 천천히 들었다. 욕망에 짙어진 검은 눈으로 그녀가 사라진 문을 말없이 바라보았다.

너라면 다 이해해 주지 않을까, 라는 기대를 가지고 있음에도 불구하고 여전히 두려웠다.

너여서 상처 입히고 싶지 않다. 이런 너여서 더 두렵고 무섭다. 너를 잃으면 살아갈 자신이 없기에.

3.

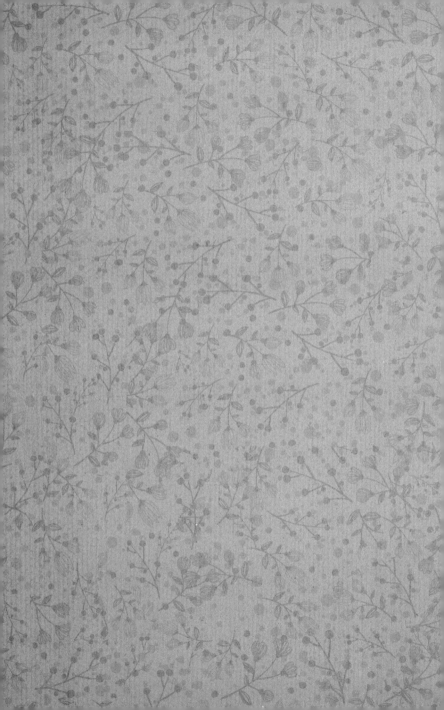

Prof.
Choi's Secrets

익숙한 어린 시절의 안방 풍경에 진욱은 심장이 덜컹 내려앉았다.

"또 그 자식 만났지? 좋았어? 나랑 자식새끼도 버리고 가고 싶을 만큼!"

아버지의 거친 외침과 어머니의 흐느낌이 고막 안을 괴롭게 파고들었다.

"말해! 말해 보라고!"

"흐흑, 아니에요. 안 만났어요. 믿어 줘, 여보."

울음 섞인 간절한 어머니의 외침에도 불구하고 아버지의 폭주는 멈출 생각을 하지 않았다.

"거짓말하지 마! 내가 그 말을 믿을 것 같아?"
"당신밖에 없어요, 나는. 제발 믿어 줘요."
"웃기지 마!"

우당탕! 안방 물건을 모조리 때려 부순 아버지는 어머니의 머리채를 휘어잡았다. 그리고 침대에 밀친 뒤 그대로 어머니 위에 올라탔다. 그는 짐승 같은 눈으로 어머니를 내려다보고 있었다.

하지만 그것도 잠시, 침대 위의 아버지, 어머니 모습이 사라졌다. 다행이라고 안도의 한숨을 내쉬고 있는 그때, 다른 환영이 그 자리를 채웠다.

"나만 사랑한다고 말해."

낮게 으르렁거리는 짐승 같은 목소리, 지독하게 익숙한 그 목소리에 몸이 더욱 세차게 떨려 왔다. 그와 동시에 침대 위에 쓰러져 있는 다인의 하얀 목을 조르는 제 모습이 보였다.

아버지가 어머니를 바라보던 눈빛보다 더 끔찍한 눈으로 그녀를 바라보며 목을 조르는 모습에 소름이 돋았다.

그만해.

꿈속의 저를 향해 외쳐 보았지만 소용없었다. 늘 짓던 해맑은 미소가 다인의 얼굴 그 어디에서도 보이지 않고 있었다. 두려움의 감정이 가득 담긴 갈색 눈에서 눈물이 뚝뚝 떨어졌다.

이런 모습은 보고 싶지 않았다. 제발 누가 자신을 꺼내 주었으면 좋겠다.

간절한 바람이 통한 걸까? 누군가 제 어깨를 다정하게 토닥이는 게 느껴졌다.

"오빠, 괜찮아? 어디 아파?"

귓가에 들리는 다정하고 따뜻한 목소리에 끔찍한 장면들이 사라졌다. 그 대신 따뜻한 풍경이 그를 감쌌다. 이름 모를 봄꽃들이 가득 핀 정원에서 저를 향해 달려오는 어린 다인의 모습에 진욱은 미소를 지었다.

"안 좋은 꿈 꿨던 모양이네."

이마에서 느껴지는 따뜻한 손길에 진욱의 미소가 더욱 짙어졌다.

"괜찮아. 잘 자. 좋은 꿈만 꾸고."

귓가에 들리는 목소리가 점점 희미해져 갔다. 그 다정한 목소리의 바람처럼 진욱은 달콤한 꿈에 빠져들고 있었다.

✣ ❃ ✣

새벽에 화장실을 가려다가, 악몽을 꾸는지 괴로워하는 진욱을 목격하고 몽롱하던 정신이 확 든 그녀였다. 그 뒤로 잠을 거의 못 자 컨디션이 안 좋을 법도 한데, 오히려 다인은 에너지가 평소보다 더 넘쳤다.

생각보다 거친 키스이기는 했지만, 그래도 진욱과 첫 키스를 했다는 사실만으로 힘이 펄펄 나고 있었다.

자기 차례가 아님에도 불구하고 콧노래를 흥얼거리며 아침을 준비하던 다인은 머릿속을 스치는 한 가지 생각에 아쉬운 한숨을 흘렸다.

"아, 굿나잇 키스도 좀 더 진하게 했어야 하는데."

서늘한 그의 성격과 다르게 뜨거웠던 입술을 떠올리며 다인은 아쉬운 얼굴로 중얼거렸다.

"아쉬워?"

귓가에 들리는 진욱의 목소리에 다인의 얼굴이 붉어졌다.

"일어났어? 볶음밥 다 만든 뒤에 깨우려고……!"

단단한 팔로 허리를 감싸며 뒤에서 끌어안는 진욱의 손길에 다인의 갈색 눈에 동요가 일었다. 세차게 떨려 오는 심장에 숨조차 제대로 쉬지 못할 지경이었다. 하지만 놀라움은 거기서 끝이 아니었다.

고개를 뒤로 돌린 순간 가슴을 간질이는 따뜻한 숨결이 먼저 와 닿았다. 그리고 천천히 다가오는 말캉한 입술의 열기가 느껴졌다. 꽃봉오리가 벌어지듯 살짝 벌어진 입술 사이로 뜨거운 혀가 파고들었다.

어젯밤과 달리 부드럽게 시작한 키스는 점점 더 거칠어졌다. 혀가 스쳐 지나간 자리엔 열꽃이 피어오르고, 타액과 타액이 뒤섞이며 깊은 열락으로 빠져들었다.

"흐읏."

어제와 또 다른 점은 이 키스에 자신이 흥분하고 있다는 것이었다. 다리에 힘이 풀리고, 온몸에 짜릿한 전율이 퍼져 나갔다. 싱크대를 붙잡고 있는 두 손에 잔뜩 힘이 들어갔다.

그 순간 그의 입술이 천천히 멀어졌다. 왠지 모를 아쉬움에 다인은 나른한 한숨을 내뱉었다.

"어제 키스까지 했으니까, 오늘은……."

귓가에 들리는 진욱의 목소리가 지독하게 매혹적이었다. 그 목소리를 듣는 순간, 숨이 멎을 듯한 짜릿한 전율이 등줄기를 타고 흘렀다. 눈처럼 새하얗고 가녀린 목선에 뜨거운 입술의 살갗이 와 닿았다.

"아아."

그의 입술이 닿은 곳이 뜨겁게 타오르고 있었다. 숨조차 제대로 쉴 수가 없어, 여린 몸을 바르르 떨며 다인은 다시 한 번 싱크대를 세차게 붙잡았다.

열락에 허덕이는 자신을 지탱해 줄 수 있는 건 오직 싱크대밖에 없었다. 잡지 않으면 주저앉게 될 것 같았기에.

"하……."

쾌락의 신음인지 아쉬움의 한숨인지 알 수 없는 묘한 숨을 내뱉으며 진욱의 입술이 그녀의 하얀 목선에서 천천히 떨어져 나갔다.

"여기까지."

커다란 손을 뻗어 다인의 머리를 부드럽게 쓰다듬은 진욱은 뒤로 한 발 물러섰다. 눈빛에 아쉬움이 번지는 건 어쩔 수가 없었다. 몸을 돌린 다인이 아쉬운 눈빛으로 그를 올려 보았다.

"더 해도 되는데."

지나치게 솔직한 다인의 발언에 진욱은 웃음을 삼켰다.

"너는 되지만, 나는 안 돼. 그러니까 천천히 나가자."

식탁 의자에 가서 앉는 진욱을 보며 다인은 방금 전까지 그의 입술이 닿아 있던 목을 향해 손을 뻗었다. 여전히 뜨거운 열기가 남아 있는 듯했다.

"배고프다."

흥분이 가시지 않아 정신을 차릴 수 없는 다인과 다르게 진욱은 지나치게 여유로웠다. 식탁에 놓인 신문을 집어 들어 읽기 시작하는 그를 다인은 서운한 눈빛으로 바라보았다. 자신은 가슴이 떨려 죽겠는데 저 사람은 정말 아무렇지 않은 걸까?

"······떨려, 나도."

어떻게 속을 읽은 건지, 그가 중얼거렸다. 신문이 아래로 살짝 내려가며 허공에서 시선과 시선이 얽혔다. 자신을 뚫어지게 쳐다보는 깊고 검은 눈에서 떨림이 느껴지고 있었다.

"널 보면서 떨리지 않은 적은 한 번도 없었어. 그렇지 않은 척하려고 늘 애쓰고 있지만."

"오빠?"

그답지 않은 솔직한 고백에 오히려 다인이 당황했다.

"이제 조금씩 나에 대해서도 알려 주려고. 내가 어떤 사람인지, 무슨 생각을 하는지."

다인의 부드러운 갈색 눈에 맑은 눈물이 차올랐다. 어느새 진욱의 앞에 다가간 그녀는 두 팔로 그를 꼭 끌어안았다.

"기뻐. 정말 기뻐. 세상을 다 얻은 것처럼 행복해."

해사한 미소를 지으며 기쁨을 토해 내는 다인을 진욱은 어두운 눈빛으로 올려다보았다. 나는 여전히 두렵다, 라는 말은 차마 하지 못한 채.

❋   ❋   ❋

풍기는 특유의 분위기가 워낙 따뜻하고 밝은 다인이었지만, 요즘엔 거의 조증에 가까운 밝음을 보여 주고 있었다.

"다인아, 노트 좀 빌려줄 수 있어? 내가 저번 강의를 빼먹어서 복사 좀 하게."

"물론이지! 여기."

"고마워."

"에이, 뭘. 서로 돕고 사는 거지. 그래야 세상이 더욱 아름다워지지 않겠어? 아, 정말 아름다운 세상이야."

시상식 무대에 오른 여배우가 할 법한 멘트를 구사하는 다인을, 주하는 가늘게 뜬 눈으로 바라봤다.

다시 사춘기가 도진 걸까? 아니, 이건 사춘기보다 더 심했다. 뭐, 감정이 오락가락하지 않고 계속 조증인 것이 그나마 다행이지만.

"너 무슨 일 있지?"

강의실을 벗어나며 주하가 다인의 옆구리를 쿡 찔렀다.

"응? 무슨 일?"

"너한테 이런 변화를 일으킬 수 있는 인물은 딱 한 명뿐이라고 보는데. 뭐야? 무슨 일이야?"

정곡을 찌르는 주하의 물음에 다인은 슬그머니 얼굴을 붉혔다.

"티 나? 나 너무 행복해 보여?"

이게 유다인의 장점이라면 장점이었다. 감정을 숨기지 않는 솔직함. 늘 무슨 생각을 하는지 알 수 없는 최진욱과는 달라도 너무 달랐다.

"그래, 엄청 행복해 보여."

"맞아. 나 엄청 매우 많이 행복해."

그녀의 주변을 행복한 오라가 가득 감싸고 있는 것 같았다.

"무슨 일인데?"

"그게 사실은……."

말을 하면서 시계를 보던 다인이 잠시 얘기를 멈추었다.

"어? 좀 있으면 오빠 강의 끝나고 나오겠다. 오빠만 보고 말해 줄게. 같이 가자."

말 한 번 못 붙이고 멀리서 보기만 하면서도, 잊지 않고 강의실에 찾아가는 그녀였다. 벌써 1년 넘게 반복된 일에 주하는 군소리 없이 따라나섰다.

여자가 적은 공대 건물로 들어서자 퀸카로 이름 높은 다인에게 남학생들의 시선이 자연스레 몰렸다.

하지만 최진욱을 제외한 모든 남자를 돌로 보는 다인은 그런 시선들을 가볍게 무시하고 물리학 강의실로 돌진했다. 물론 강의실 바로 근처 벽에 숨어서 보는 게 전부이긴 했지만.

"오빠 나왔다."

때마침 강의실 문이 열리고 진욱의 모습이 두 사람의 눈에 들어왔다.

"역시 멋있어. 안경은 강의할 때만 써서 이때 아니면 못 보거든."

카메라만 손에 들려 주면 파파라치가 따로 없겠다고 생각하며 웃던 주하는, 진욱에게 다가가는 한 여자의 모습을 보고 입에서 미소를 지웠다.

섹시한 몸매를 가진 여자는 바로 화학과 교수였다. 서른다섯이라는 나이가 믿기지 않을 정도로 동안인 그녀는 외모가 매우 훌륭했고, 소문에 의하면 집안 또한 아주 빵빵했다.

거기다 독신이기까지 하니 다인의 입장에선 견제가 될 수밖에 없었다. 진욱을 향한 노골적인 그녀의 관심은 제삼자인 주하에게도 확실하게 느껴질 정도였다.

"괜찮아?"

여교수와 진욱이 함께 있는 모습을 볼 때면 늘 다인의 기분이 저조해지는 걸 알았기에 주하가 조심스레 물었다.

"괜찮아. 아, 나 잠깐 화장실 좀 다녀올게."

"같이 갈까?"

"아니야. 배가 좀 아파서."

큰일을 치르고 오겠다는 비장한 다인의 표정에 주하는 조용히 고개를 끄덕였다. 홀로 남겨진 주하는 여교수와 이야기를 나누는 진욱의 모습을 슬쩍 흘겨보다가 들고 있던 핸드폰으로 시선을 돌렸다.

흥미 없는 얼굴로 인터넷 뉴스를 뒤적거리고 있는데, 자신의 앞에 멈춰 서는 발 하나가 보였다.

"이주하."

나지막한 목소리에 고개를 들자, 특유의 무표정한 얼굴이 눈에 들어왔다.

"안녕하세요."

별로 반갑지는 않았지만, 어찌 되었든 진욱은 교수였기에 주하는 예의를 갖추어 인사를 건넸다.

"네 짝꿍은?"

분명 다인에 대해 묻는 것이리라.

"글쎄요. 잘 모르겠는데요. 뭐, 어디서 고백 받고 있을지도. 아시잖아요, 다인이 엄청 인기 많은 거."

배가 아파 화장실에 간 걸 뻔히 알면서도 주하는 일부러 심술궂게 말했다. 이렇게라도 진욱을 자극하고 싶어서.

그래 봤자 뭐, 표정의 변화나 있겠어? 신경질적인 눈빛으로 진욱의 얼굴을 보던 주하의 눈이 동그랗게 커졌다.

한 번도 본 적 없는 얼굴이었다. 감정을 그대로 내비치며 딱딱하게 굳은 진욱의 얼굴에 별생각 없이 말을 뱉은 주하도 당황스러움을 감추지 못했다. 이 인간이 이런 얼굴도 할 줄 아는 사람이었어?

"이주하."

"네?"

"너 나 싫지?"

정곡을 찌르는 진욱의 물음에 주하는 더욱 놀란 표정을 지었다.

"나도 마찬가지야. 특히 저번처럼 미팅이다 뭐다 하면서 옆에서 다인이 부추길 땐 더더욱."

이 인간이 오늘 뭘 잘못 먹었나?

"네가 여자라서 봐주는 것도 여기까지. 제자라서 봐주는 것도 여기까지. 더 이상은 절대 안 봐줘."

다인을 향한 소유욕을 드러내는 그의 모습은 낯설기 그지없었다. 하루아침에 사람이 이렇게 달라질 수 있는 걸까?

"그리고 하나 더."

아직 충격에서 벗어나지 못한 주하를 향해 진욱은 또 다른 폭탄을 선사하고 있었다.

"그 녀석이랑 너무 붙어 다니지 마. 내가 질투를 느끼는 대상은 남자만이 아니거든."

여유로운 미소 너머로 검은 눈이 날카롭게 반짝였다. 그가 가볍게 주하의 어깨를 두드렸다.

"그래도 믿을 건 너뿐이니까 그 녀석 잘 부탁한다. 이상한 놈 못 붙게."

'그 녀석'이란 단어가 이렇게 달콤한 말이었어? 그 말을 남기고 멀어지는 진욱을, 주하는 한참 동안 멍한 눈으로 바라보았다.

"내가 헛것을 본 걸까?"

진욱의 모습이 너무 낯설어 이런 생각이 들 정도였다.

"뭐가?"

때마침 화장실에서 돌아온 다인이 넋을 놓고 있는 주하를 향해 물었다.

"네 남편, 좀 변했다."

다인이 조증 증세를 보이는 원인이 무엇인지 굳이 듣지 않아도 알 것 같았다.

"오빠 만났어?"

"응. 다시는 너한테 미팅 얘기 같은 거 꺼내지 말래. 질투가 대단하던데?"

"정말?"

환해진 다인의 얼굴을 보며 주하는 마음을 놓았다. 이 둘의 사이에도 드디어 변화가 생기는 것 같았다.

긴 세월 다인의 짝사랑을 지켜봐 왔기에 진욱의 변화에 진심으로 기뻐할 수 있었다. 이제야 조금씩 진짜 부부 같아지는 두 사람의 모습에.

✿　　　✿　　　✿

교수실로 돌아온 진욱은 예상하지 못한 인물의 등장에 얼굴을 굳혔다. 아버지의 의사 동료이자, 현 S대학 병원 원장인 남자를 향해 진욱은 천천히 고개를 숙였다.

"오랜만입니다, 김 원장님."

"아, 그래. 정말 오래간만이구먼. 이사장이랑 약속이 있어서 왔다가 자네 생각이 나서 들렀네."

반갑게 악수를 청하는 김 원장과 다르게 진욱은 굳은 얼굴로 그의 손을 마주 잡았다.

"점점 아버지를 닮아 가는 것 같아. 자넬 보고 있으면 그 친구가 다시 살아 돌아온 것 같은 기분이 들어."

그 말에 진욱은 속이 울렁거리는 것을 느꼈다. 제가 생각해도 저와 닮은 기억 속 아버지의 모습이 속을 불편하게 만들고 있었다.

"자네가 천재라 불리며 세상을 떠들썩하게 할 때 내심 의사가 되길 바랐었는데."

아쉽다는 듯이 그가 진욱의 어깨를 두드렸다.

"아주 훌륭한 의사가 되었을 텐데 말이야. 자넨 정말 아버지와 똑 닮았어. 외모뿐만 아니라 그 뛰어난 머리까지. 알지? 자네 아버지도 엄청난 천재였다는 거."

이야기를 들을수록 울렁거림이 심해졌다. 바닥이 뒤틀려 보일 정도로 울렁거림이 강해졌을 때쯤 김 원장이 말을 멈추었다.

"그래, 얼굴 봤으니 됐어. 시간 날 때 병원에 들르게. 나이 들수록 그 친구가 너무 그리워."

어깨를 토닥이는 김 원장을 향해 진욱은 간신히 고개를 숙여 인사를 건넬 수가 있었다.

"교수님, 괜찮으세요? 안색이 안 좋으신데."

김 원장이 나가고 나자 재윤이 걱정스러운 얼굴로 물었다. 하지만 진욱은 그의 물음에 답도 하지 못한 채 손으로 입을 틀어막고 교수실을 빠져나갔다. 근처에 있던 화장실로 달려간 그는 변기를 붙잡고 구역질을 해 댔다.

녹색 빛깔의 위액까지 토해 내고 나서야 진욱은 비틀거리며 몸을 일으켰다. 구역질이 날 만큼 끔찍했다. 아버지를 닮았다는 그 말은.

"젠장."

힘겹게 걸음을 내딛어 거울 앞에 선 그는 피가 날 정도로 세게 입술을 깨물며 고개를 숙였다. 눈앞에 보이는 거울을 깨고 싶은 충동을 억누르며 재빨리 화장실을 벗어났다. 아버지를 쏙 빼닮은 자신의 모습이 미치도록 싫었기에.

지이잉.

그때 바지 주머니에 넣어 둔 핸드폰이 울어 댔다. 손을 넣어 휴대폰을 꺼낸 진욱의 얼굴에 천천히 미소가 번졌다.

〈오빠! 교정에 벚꽃 핀 거 봤어? 예쁜 벚꽃 보고 기분 좋은 하루 되세용♥ 내 사진은 덤! 꽃놀이 가고 싶다!〉

벚꽃 앞에서 환하게 웃고 있는 다인의 사진을 보자 마음을 가득 지배하고 있던 어둠의 기운이 사라져 갔다.

"타이밍도 좋네."

위안이 되는 다인의 사진을 진욱은 한참 동안 바라보았다. 봄 햇살같이 따뜻한 눈빛으로.

주하와 함께 늦게까지 공부를 한 다인은 퇴근 시간을 조

금 벗어난 저녁 8시쯤 버스에 몸을 실었다. 드물게 황사가 심하지 않아 밤공기도 좋았다.

살짝 열어 놓은 버스 창문 틈 사이로 상쾌한 밤공기를 느끼며 목에 맨 스카프 안쪽으로 손을 뻗었다.

며칠이 지나 이제 흔적조차 희미해졌지만, 아직도 남아 있는 붉은 입술의 잔재를 부드럽게 매만졌다. 그러자 그의 뜨거운 숨결과 목에 와 닿던 입술의 감촉이 생생하게 떠올랐다.

"떨려, 나도."

수줍었던 진욱의 고백을 떠올리며 다인은 입가에 생긋 미소를 지었다. 이제 더는 불안하지 않았다. 낮에 봤던 여교수와 진욱의 모습이 생각났지만, 천천히 고개를 내저었다.

진욱의 감정을 몰랐을 땐 여자들이 그에게 말만 걸어도 불안했었는데, 이제 조금은 마음에 평화가 찾아온 것 같았다.

"빨리 보고 싶다."

매일 얼굴을 마주하고 있음에도 불구하고 그가 그리웠다. 보고 있어도 그립다는 말이 무엇인지 알 수 있었다.

—다음 정차할 역은 연남동 국민은행 앞입니다.

버스 안내 방송에 다인은 재빨리 의자에서 몸을 일으켰다. 교통 카드를 찍고 문이 열리길 기다린 뒤 계단을 폴짝폴짝 뛰어내렸다.

"그러다 다쳐."

익숙한 목소리에 다인은 환해진 얼굴로 고개를 들었다.

"오빠!"

그토록 보고 싶었던 진욱이 버스 정류장 앞에 서 있었다.

"꽃구경 가고 싶다며? 가자."

다정한 미소와 함께 말을 건네며.

4

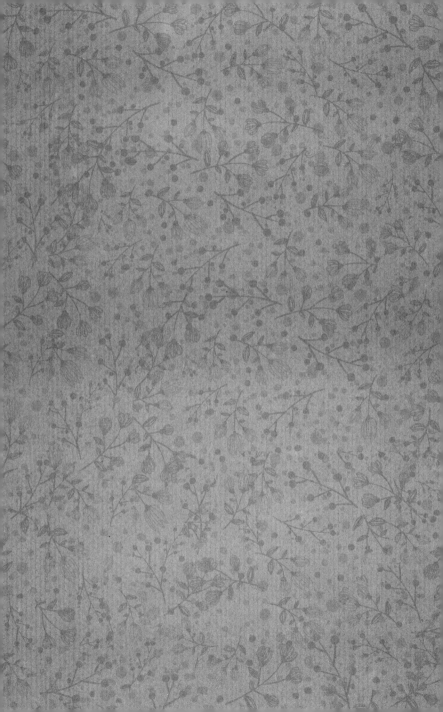

Prof.
Chris Secrets

진욱을 따라 집 근처 공원에 온 다인은 안쪽에 위치한 커다란 벚나무 아래 멈추어 섰다. 유명한 벚꽃 길처럼 벚나무가 많은 건 아니었지만, 흐드러지게 핀 연분홍 꽃잎들만으로도 봄의 정취를 느끼기는 충분했다.

"유명한 곳은 못 가. 혹시나 학생들 마주치면 곤란하니까."

다인은 이해한다는 듯이 고개를 끄덕였다.

"여기가 사람 많은 곳보다 더 좋은걸. 오빠랑 오붓하게 꽃구경도 하고."

진욱에게 팔짱을 끼며 다인은 해맑게 웃었다.

"진짜 좋다. 우리 동네 공원이 이렇게 예쁜 줄 혼자 운동

하러 나올 땐 몰랐는데."

연신 사랑스럽게 종알거리는 다인의 머리를 진욱이 다정한 손길로 쓰다듬었다.

"참, 아까 학교에서 정 교수님이랑 같이 있는 거 봤어."

진욱을 힐끔거리며 다인이 슬쩍 운을 뗐다.

"그래?"

"응. 괜히 긴장되더라고. 그 교수님 솔직히 엄청 예쁘잖아."

뇌쇄적인 정 교수의 외모를 떠올리며 다인은 긴장된 목소리로 말했다.

"예쁜가?"

무심한 목소리로 대답하는 진욱을 다인이 놀란 눈으로 올려다보았다.

"엄청 예쁘지! 정 교수님 TV 인터뷰 한 번 한 적 있잖아. 그때 우리 학교 홈페이지 다운됐었어. 그 미모의 여교수가 누구냐며 난리가 났었는데. 몰라?"

"알아야 해?"

지루하다는 듯 악센트 하나 없는 무미건조한 말투로 되묻는 그였다.

"아니, 그건 아니지만…… 그 교수님이 안 예쁘다니까 신기해서."

생각보다 엄청 눈이 높은 거 아니야? 여자한테 관심이 없는 건 알았지만, 이 정도일 줄은 상상도 못했다.

"글쎄, 살면서 무언가를 보며 예쁘다고 생각한 적이 거의 없어서."

그게 뭐 대수로운 일이냐는 듯이 덤덤하게 중얼거리며 진욱은 다인을 내려다보았다.

"진짜? 이런 꽃들은? 꽃들도 안 예뻐?"

"별로."

"그럼 꽃을 보면 무슨 생각이 드는데?"

새삼 이 남자의 미적 수준이 궁금해져 다인은 진지한 얼굴로 파고들었다.

"꽃이 피었으니 봄이구나. 이제 곧 더워지겠네. 여름은 싫은데. 뭐, 이런 생각?"

"세상에. 이 예쁜 꽃들을 보면서 그런 생각밖에 안 들어? 그럼 도대체 오빠 기준에 예쁜 건 뭐야?"

눈을 동그랗게 뜨며 묻는 다인을 진욱은 한 점 망설임 없는 시선으로 바라보았다.

"너."

간단명료한 대답에 잠시 느릿하게 눈을 깜박이던 다인이 활짝 핀 꽃봉오리보다 더 해사한 웃음을 지으며 두 팔로 그의 어깨를 붙잡았다.

키 차이가 많이 나는 진욱에게 입을 맞추기 위해 까치발까지 든 그녀는 저돌적으로 그의 입술을 훔쳤다.

"정말 기쁜데, 그 기쁨을 도저히 말로 표현하기가 힘들어서. 내가 얼마나 기쁜지 오빠한테 알려 주고 싶어서……."

입술을 떼고 붉어진 얼굴로 횡설수설 말을 늘어놓자 진욱의 따뜻한 손이 서늘한 밤공기에 차가워진 다인의 두 뺨을 감쌌다. 그리고 단숨에 그녀의 핑크빛 입술을 집어삼켰다.

깊은 밤, 눈처럼 하얀 벚꽃이 날리는 커다란 벚나무의 순수한 분위기와는 전혀 어울리지 않는, 진하고 저돌적인 입맞춤이었다. 혀를 찾아 세차게 빨아 당기는 그의 입술에 영혼까지 빨려 들어가는 기분이었다.

하고 있는 건 키스일 뿐인데 마치 사랑을 나누고 있는 듯한 느낌이었다. 신음이 흘러나올 뻔한 걸 힘겹게 억누르며 다인은 거친 숨결을 내뱉었다.

"안기고 싶어."

다분히 충동적인 말이었지만 지금 이 순간의 진심이었다. 흐릿한 공원 조명으론 표정을 읽기 힘들었다. 한참 동안 말이 없는 그를 다인은 긴장된 표정으로 올려 보았다. 애꿎은 바닥만 발로 차면서.

"꽃구경 충분히 했지?"

한참 만에 입을 연 진욱이 의미를 알 수 없는 질문을 했다.

"응?"

"이제 돌아가자. 집으로."

안아 주겠다, 라는 확실한 답은 아니었지만 어깨를 감싸는 뜨거운 손길을 통해 그의 마음이 전달되었다. 진욱 역시 다인의 마음과 다를 게 없다는 것이.

샤워를 한 후 커다란 목욕 수건으로 몸을 감싸고 나온 다인의 모습은 지독하게 자극적이었다. 평소보다 더욱 진한 색을 띠는 핑크빛 입술, 발그레해진 두 뺨, 물기가 남아 있는 머리카락까지. 사랑스럽지 않은 곳이 단 한 군데도 없었다.

"나 어때? 안고 싶은 마음이 들어?"

감정의 숨김이 없는 성격답게 직설적인 다인의 물음에 진욱은 입이 바짝바짝 말라 왔다. 안고 싶다는 마음 그 이상이었다. 머리부터 발끝까지 다 집어삼키고 싶었다. 간신히 붙잡고 있는 이성을 짓누르며 본능이 고개를 쳐들었다.

진욱은 아무 말 없이 다인의 팔을 끌어와 침대 위에 눕혔다. 두 팔 안에 그녀를 가두고 무작정 핑크빛 입술을 향해 돌진했다.

물어뜯기라도 하는 것처럼 거친 키스였다. 부드러운 입맞춤을 건넬 만한 이성이 남아 있지 않았다. 오로지 그녀를 안고 싶다는 본능만이 그를 움직이게 하고 있었다.

입술로 틀어막은 그녀의 입안에서 뜨거운 신음 같은 숨결이 터져 나왔다. 그 숨결이 흥분된 본능을 더욱 부채질했다.

제 자신을 스스로 절제할 수 있는 이성이 날아가 버리고, 본능만이 남아 버린 이 순간이 지독하게 두려웠다. 하지만 그 두려움보다 자신의 아래에서 뜨거운 숨을 토해 내고 있는 그녀를 안고 싶다는 욕망이 훨씬 더 강했다.

목덜미부터 쇄골까지 입술로 붉은 흔적을 만들며 내려온 그는 그녀의 몸을 유일하게 가리고 있는 수건을 단숨에 풀어 버렸다.

그러자 하얗고 보드라운 살결과, 풍만하진 않지만 욕망을 자극하는 봉긋한 젖가슴이 눈에 들어왔다.

내 것이다. 아무에게도 주고 싶지 않은 내 것이다.

그녀를 안고 싶다는 욕망은 어느새 지독한 소유욕으로 변해 있었다. 하얀 젖가슴을 두 손으로 움켜잡고, 예민한 돌기를 입술로 세차게 빨아 당겼다. 입안 가득 퍼지는 향긋한 비누향이 그의 욕망에 더욱 부채질을 하고 있었다.

"하읏."

돌기가 그의 혀 아래에서 부풀어 오를수록 다인의 신음 소리는 더욱 날카로워졌다.

그런 그녀의 신음 소리에 남성은 점점 더 단단해졌다. 당장이라도 걸치고 있는 옷을 모두 벗어 던지고 그녀의 안으로 들어가고 싶었다.

타액으로 번들거리는 돌기를 입술로 더욱 세차게 빨아올리며 한 손으로 바지를 벗어 던졌다. 그러다 침대 옆 협탁 위에 올려져 있는 작은 거울을 통해 잔뜩 흥분한 제 모습을 마주하고 말았다.

그 순간 진욱은 모든 행동을 멈추고 경악 어린 얼굴로 거울을 응시했다. 거울 속에서 그 옛날 아버지의 모습이 보였다. 자신처럼 어머니 위에 올라타 짐승 같은 소유욕에 울부짖던 아버지의 모습이 생생하게 두 눈에 들어왔다.

"오빠, 왜 그래?"

자신을 부르는 다인의 목소리도 잘 들리지 않았다. 괴로운 호흡을 토해 낸 진욱이 손을 뻗어 거울을 밀어 냈다. 그러자 이번엔 침대 위로 아버지의 모습이 나타났다. 마치 너와 나는 다르지 않다고 말하는 듯했다.

"오빠?"

몸을 일으켜 제 어깨를 잡는 다인의 손을 진욱이 꽉 붙잡았다.

"오늘은 안 되겠다."

아버지의 환영은 사라졌지만, 다인을 안을 자신 또한 사라졌다.

"멈추지 마, 오빠. 끝까지 안아 줘."

아직 흥분이 가시지 않은 듯한 다인의 몸을 진욱이 천천히 이불로 감쌌다. 그리고 뒤에서 꽉 끌어안았다.

"너 때문이 아니라, 나 때문이야."

그래, 이게 먼저였다. 그녀를 안기 전, 자신에 대해 알려 줘야 했다. 이성이 본능에게 완전히 먹히기 전에 제 자신을 괴롭히고 있는 지독한 트라우마를 먼저 털어놓아야 했다.

"나에 대해 알려 준다고 했지? 지금 말해도 될까?"

천천히 끄덕여지는 여린 고개가 진욱의 눈에 들어왔다.

"우리 아버지 얘길 해야 해."

아버지가 목을 매달고 세상을 떠난 뒤, 어머니는 살던 곳을 정리하고 새로운 집을 구하셨다. 그게 바로 다인의 옆집이었다.

결혼하고 오랜 시간 동안 아이가 없던 부부는 옆집으로 이사 온 진욱을 꽤나 예뻐해 주었다. 동네에서 작은 인테리어 소품 가게를 하는 어머니를 대신해 식사를 챙겨 주기도 했다.

그렇게 몇 해가 지나고 다인이 세상에 태어났으니 그녀가 진욱의 아버지에 대해 아는 것이 없는 건 당연했다.

"응, 알아."

다인이 진욱의 아버지에 대해 유일하게 알고 있는 사실은 그가 세상을 떠났다는 것뿐이었다.

"아주 유능한 의사셨어. 말수가 많지는 않았지만, 참 따뜻한 분이셨지."

"응, 어머님한테 들었어. 의술이 정말 뛰어난 분이셨다며? 봉사활동도 많이 하시고."

고개를 뒤로 젖혀 진욱을 바라보던 다인은 짙은 괴로움이 차오른 그의 얼굴에 눈을 동그랗게 떴다.

"오빠?"

"그래. 나도 우리 아버지가 천사 같은 사람이라 생각했지."

간신히 목소리를 쥐어짜내 말을 이어 나갔다. 최대한 남의 이야기를 하듯 덤덤하게.

자신이 목격했던 아버지의 숨겨진 본성과 그 속에서 힘겹게 살아야 했던 어머니, 그리고 아버지를 닮은 자신의 지독한 소유욕까지 남김없이 털어놓았다.

"오빠."

어느새 눈물이 그렁그렁 맺힌 다인의 눈가를 향해 천천히 손을 뻗었다. 살짝 떨리는 손끝으로 눈물을 닦아 준 진욱은 나지막한 한숨을 내쉬었다.

"날 동정해 달라고 꺼낸 얘기가 아니야. 우리 어머니처럼 너도 힘들어질지 몰라. 날 선택한 걸 죽도록 후회하게 될지 몰라."

"오빠랑 아버지는 달라. 그런 생각 하지 마."

"다르지 않아."

진욱이 이불로 감싼 다인의 몸을 자신을 향해 돌려놓았다.

"다른 척하고 있을 뿐이지. 그래, 나도 아버지와 다른 인간이 되려고 노력했어. 그런데 널 보면 그게 잘 안 돼."

진욱의 입가에 지독하고 씁쓸한 미소가 번졌다.

"모르지? 내가 얼마나 끔찍한 상상들을 하고 있는지. 너에 대한 집착이 얼마나 강한지. 내 머릿속을 들여다보면 아마 두려워서 도망치고 싶을 거야."

그녀의 보드라운 입술을 슬며시 쓰다듬던 진욱은 천천히 손을 내려놓았다.

"상관없어, 난."

흔들림 없는 말간 그녀의 눈을 보자 또다시 욕망이 일었다. 위안을 받아야 하는 이 순간에도 욕망이 일다니, 짐승 같은 제 본능에 또다시 씁쓸한 웃음이 터져 나왔다.

"집착이 없는 사람은 없어. 나 역시 마찬가지야. 사랑하면 상대방에게 집착하는 건 당연하잖아."

"그런 단순한 집착이 아니야."

"다를 게 뭐야. 나도 똑같아. 매일 상상해, 오빠한테 안기는 나를. 그리고 지금 이 순간에도……."

다인은 몸에 두르고 있던 이불을 단숨에 풀었다. 그리고 그대로 진욱의 다리 위에 올라탔다.

"오빠한테 안기고 싶어 미치겠어."

욕망으로 인해 진욱의 검은 눈이 더욱 짙어졌다.

"지금이 도망칠 마지막 기회야."

이를 악물며 내뱉는 진욱의 말에 다인은 천천히 고개를 내저었다.

"평생 도망 안 쳐. 오빠 말대로 오빠가 짐승이라도, 괴물이라도 상관 안 해. 설사 그보다 더 끔찍한 거라도 난 오빨 사랑할……."

다인은 그 이상 아무 말도 할 수가 없었다. 뜨겁게 입술을 틀어막는 그의 붉은 입술에 숨조차 제대로 내쉴 수가 없었다. 온몸이 뜨겁게 타오르는 거친 키스가 그녀를 집어삼키기 시작했다.

깊숙이 혀를 빨아 당기며 입속을 탐방하던 뜨거운 입술이 목덜미를 타고 내려갔다. 하얀 설원에 남아 있는 발자국을 따라 걷는 사람처럼, 붉은 흔적을 따라 점점 더 아래로 내려오는 뜨거운 입술에 다인의 가녀린 몸이 바르르 떨렸다.

거친 입맞춤에 대한 두려움이 아닌, 거센 흥분에 비비 꼬고 있는 다리 사이에서 뜨거운 애액이 왈칵 쏟아져 내렸다. 분홍빛 돌기와 하얀 젖가슴을 가득 베어 묾과 동시에 매끈한 등줄기를 따라 뜨거운 손바닥이 바삐 내려왔다.

민감한 젖가슴과 등줄기에서 전해지는 진한 쾌락, 그리고 긴장감이 다인의 호흡을 더욱 바빠지게 만들었고 온몸이 움찔움찔 떨리기 시작했다.

"좋아, 오빠. 정말 좋아."

욕망에 사로잡힌 검은 눈엔 여전히 두려움이 남아 있었다. 그런 그를 안심시키고 싶어 다인은 짙은 신음과 함께 솔직하게 제 기분을 표현하려 노력했다. 손가락에 힘을 주어 그의 어깨를 끌어안았다.

우뚝 선 돌기를 혀가 세차게 자극할수록 흥분은 점점 더 거세져 갔다. 그의 뜨거운 숨결이 닿는 모든 곳에서 날 선 쾌락이 느껴졌다.

"하으읏! 오빠, 오빠."

애달픈 신음이 절로 터져 나왔다. 그의 뜨거운 입술이 선사하는 열기에 몸이 녹아 버릴 것 같았다. 책에서 봤고, 야한 영상으로도 접했지만 그런 것들과는 비교조차 할 수 없는 어마어마한 쾌락에 여린 몸이 세차게 파닥였다.

욕망의 노예가 된 진욱에게 자비란 없었다. 잘록한 허리선을 따라 배꼽까지 붉은 흔적을 남기며 내려온 그는 단숨에 허벅지 사이로 뜨거운 입술을 가져다 댔다.

"아아."

여성은 그다음 행동을 예상했는지 더 많은 애액을 흘리며 움찔거렸다.

"이젠……."

애액이 흘러내리는 허벅지를 두 손으로 벌리며 진욱은 탁한 목소리로 입을 열었다.

"멈추라고 해도 못 멈춰."

제발 멈추지 마, 라는 말은 할 수가 없었다. 민감한 허벅지에 와 닿는 뜨거운 입술에 다인의 입에선 말을 대신한 날카로운 신음만이 쏟아졌다. 머릿속을 새하얗게 만드는 쾌락의 무게가 갈수록 강해졌다. 점점 더 위로 올라오는 자극적인 혀를 느끼며 다인은 세차게 그의 어깨를 움켜잡았다.

"아아, 어떡해!"

제 몸에 이토록 예민한 곳이 있는 줄 예전엔 미처 몰랐다. 애액으로 흠뻑 젖은 여성의 내벽을 긁고 지나가는 혀에 다인은 울음 섞인 신음을 터트렸다.

이 쾌락을 감당할 자신이 점점 없어졌다. 하지만 멈추게 하고 싶지 않았다. 심장이 튀어나올 것 같은 거센 쾌락의 파도가 그녀의 몸을 단숨에 집어삼키고 있었다.

"오빠, 오빠!"

그를 부르는 애달픈 목소리가 더욱 높아졌다. 여성 안쪽의 가장 예민한 핵을 입술로 빨아 당기는 순간 그녀의 몸이 용수철처럼 튀어 올랐다.

질퍽거리는 여성의 내벽을 자극하던 진욱의 손가락 역시 애액으로 번들거리고 있었다. 제 몸을 간절히 원하는 강렬한 검은 눈동자에 다인은 더욱 뜨겁게 타올랐다.

"오빠, 이제 함께 느끼자."

거부할 수 없는 주문처럼 달콤한 속삭임에 진욱은 잔뜩 흥분한 몸을 일으켰다. 상의를 벗자 군살 하나 없는 남자의 몸이 온전하게 드러났다. 남자의 몸도 이토록 아름다울 수 있구나. 감탄하며 다인은 손바닥으로 부드럽게 그의 몸을 더듬어 내려갔다.

"하!"

서툰 제 손짓 아래에서도 낮은 신음을 내뱉는 진욱을 보자 다인도 덩달아 달아올랐다. 더욱 대담하게 손을 움직이며 다인은 브리프를 입고 있음에도 불구하고 성난 자태를 뽐내고 있는 남성을 부드럽게 움켜잡았다.

"미치게 하는군."

비릿한 실소를 지으며 중얼거리던 진욱은 마지막으로 걸치고 있던 브리프마저 단숨에 벗어 던졌다. 그러고는 탄탄한 두 팔 사이로 다인을 가두었다.

"이 집에 살면서 하루에도 수십 번씩 상상했었다. 널 안는 나를."

그 말과 함께 성난 남성이 흠뻑 젖은 여성의 안으로 천천히 들어오기 시작했다. 처음이다 보니 쾌락이 아닌 고통이 먼저 찾아와 다인은 예쁜 얼굴을 찡그렸다. 자신을 내려다보는 욕망 어린 검은 눈에 또다시 다정한 걱정이 스미는 게 보였다.

본능 앞에서도 제 걱정이 먼저인 사람이면서 이성이 무너질까 두려워했던 그 모습이 안타까웠다.

거 봐, 오빠 그런 사람 아니잖아. 이렇게 따뜻한 사람이잖아.

다인은 부드러운 미소를 지으며 괜찮다는 말 대신 고개를 끄덕였다. 진욱은 쾌락으로 인해 땀에 젖은 그녀의 앞머리를 다정한 손길로 쓰다듬었다. 그리고 아까보다 더욱 세차게 남성을 밀고 들어왔다.

거센 몸짓으로 인해 단단했던 벽이 단숨에 허물어졌다. 그와 동시에 고통을 대신해 방금 전과는 비교할 수 없을 정도로 거센 쾌락이 그 자리를 채웠다. 타오르고, 타오르고, 또 타올랐다. 이대로 재가 되어도 좋았다.

빠르게 피스톤 운동을 반복하며 질 벽 깊숙이 예민한 곳을 자극하는 남성에 다인의 입에서 또다시 울먹임이 뒤섞인 신음이 터져 나왔다. 신음과 신음이, 숨결과 숨결이, 육체와 육체가 뒤엉키는 뜨거운 밤이 이어졌다.

다인이 샤워를 하는 동안 보송보송한 새 시트로 갈아 놓은 진욱은 침대 위에 앉아 부드러운 시트를 손끝으로 어루만졌다. 그러자 다인을 안았던 그 순간의 감각이 떠오르며 온몸이 순식간에 달아올랐다.

여태까지 참은 게 신기할 정도였다. 그녀의 몸을 알고 난 후 더 예민해진 남성에 진욱은 묵직한 한숨을 내쉬었다. 벌써부터 그녀를 다시 안고 싶다는 생각에 갈증이 일었다. 처음이라 여린 몸이 채 아물지 않았을 텐데 이런 욕망이 들다니.

마른침을 삼키며 진욱은 천천히 침대에서 몸을 일으켰다. 그때 욕실 문이 열리며 제 나이에 어울리는 핑크빛 원피스 잠옷을 입고 나오는 다인의 모습이 보였다. 그 귀여운 옷차림마저 섹시하게 보인다는 게 문제였지만.

"몸은? 괜찮아?"

걱정스레 묻는 다정한 진욱의 말투에 다인은 생긋 웃으며 고개를 끄덕였다.

"응. 괜찮아. 별로 안 아파."

"다행이다. 이제 그만 쉬어."

다인의 머리로 손을 뻗던 진욱이 재빨리 주먹을 쥐고 한 발 물러섰다. 지금 그녀의 머리를 어루만졌다간 더 큰 욕망에 휩싸일 것 같았기에.

"어디 가?"

뒤돌아서는 진욱의 팔을 다인이 재빨리 붙잡았다.

"서재 가서 책 좀 읽다 자게."

"쳇. 그런 게 어디 있어? 이제야 제대로 첫날밤 치렀는데. 신부 혼자 자게 만들 셈이야?"

입을 삐죽 내밀던 다인이 침대 위로 폴짝 뛰어오르더니 비어 있는 공간을 손으로 두드렸다. 어서 빨리 이곳에 올라와 누우라는 듯이. 끝내 그녀를 거부하지 못한 진욱이 쓴웃음을 지으며 침대 위로 올라갔다.

"팔베개."

대범하게 팔베개를 요구하는 다인을 보며 진욱은 실소를 터트렸다.

"어서."

앙탈마저 사랑스러운 게 문제라면 문제였다. 한쪽 팔을 내어주자 다인이 해사한 미소를 지으며 팔을 베고 누웠다.

"좋다. 이렇게 오빠랑 함께 자는 거."

진욱을 향해 고개를 돌린 다인은 애정이 듬뿍 담긴 눈으로 그를 올려다보았다.

"이제야 진짜 부부 같잖아."

"그러네."

"나한테 맘껏 집착해도 돼. 부부는 원래 그런 거잖아. 고로 나도 앞으로 오빠한테 엄청 집착할 거야."

다인의 사랑스러운 재잘거림이 이어졌다.

"알지? 알고 보면 나 엄청 집착 심한 거. 오죽하면 돌잡이 때 오빠 잡았겠어."

커다란 눈을 반짝이며 곧장 진욱을 향해 걸어간 다인은 그의 무릎에 그대로 걸터앉아 돌잔치에 참석한 사람들 모두를 놀라게 만들었다.

진욱은 아장아장 걸음마를 떼던 다인의 모습이 아직도 생생했다. 말도 못하던 아가였을 때부터 자신을 따라다니던 모습이 그저 귀여웠다.

"그러네."

진욱은 따뜻한 미소를 지었다. 그 어린아이를 이토록 사랑하게 될 줄은 꿈에도 몰랐다.

"사실 그동안 말을 안 해서 그렇지, 오빠한테 여자들이 꼬리 칠 때마다 얼마나 신경질이 났었는지 몰라. 앞으론 각오해. 바가지 확실하게 긁어 줄게. 무섭지? 내 집착."

두 손을 들어 올려 긁는 시늉을 하는 다인을 보며 진욱은 피식 웃음을 터트렸다.

"내 집착은 그런 수준이 아니야."

나지막한 목소리로 중얼거리는 진욱을 다인은 느릿하게 눈을 깜박이며 바라보았다.

"네 몸에 닿는 공기조차 싫어, 난."

조금의 과장도 더하지 않은 진심이었다. 할 말을 잃었는지 놀란 눈으로 입을 벌리는 다인을 진지한 눈빛으로 응시했다.

"진짜 무섭지? 내 진심을 알면 알수록."

진욱의 물음에 다인은 재빨리 고개를 내저었다.

"아니, 소름끼치도록 멋져. 알고 보면 나 마조히스트 기질 있는 거 아냐? 집착하는 오빠가 왜 이렇게 멋지지? 더 해 줘, 오빠. 얼마든지 집착해도 돼."

흥분한 목소리로 외치는 다인을 보며 한동안 멍하게 있던 진욱이 이내 경쾌한 웃음을 터트렸다.

졌다, 네 사랑에. 그리고 정말 다행이다. 내가 사랑하게 된 사람이 바로 너여서.

5

주말을 맞이해 부모님들이 계신 남해로 내려간 두 사람은 상다리가 부러지게 음식을 차려 놓고 반기는 부모님들께 환한 얼굴로 인사를 건넸다. 바다가 보이는 커다란 창 앞에 놓인 식탁에 둘러앉은 가족들의 긴 수다는 끊이지 않았다.

"오빠, 이것 좀 먹어 봐."

진욱이 좋아하는 생선 살을 발라 연신 수저에 올려 준다고 바쁜 다인이었다.

"너도 먹어. 너 좋아하는 갈비 있잖아."

이번엔 진욱의 젓가락이 바삐 움직였다. 저번에 내려왔을 때보다 훨씬 다정해진 두 사람의 모습에 지켜보던 부모님들의 얼굴에 흐뭇한 미소가 번졌다.

"보기 좋구나."

인자한 미소를 짓는 민찬의 말에 어머니들도 웃으며 동조를 했다.

"그러게 말이에요."

"이제 진짜 부부 같네요. 얼마 전까지 그렇게 어색하더니만."

놀림 반, 칭찬 반인 말에 다인이 생긋 웃었다.

"우리가 언제요. 늘 이렇게 사이좋았는데. 안 그래, 오빠?"

"일단 그 호칭부터 고쳐야겠구나."

엄마인 지순의 지적에 다인이 혀를 쏙 내밀었다.

"아직 다른 호칭은 좀 어색해, 엄마."

"그래요. 아직 어린데, 뭐. 천천히 고쳐도 된다, 다인아."

늘 다인의 편인 희연이 그녀의 어깨를 다정하게 토닥였다.

"역시 어머니밖에 없다니까요."

"으휴, 딸 키워 봐야 소용없다니까. 제 남편, 제 시어머니밖에 모르니."

지순의 농담 섞인 한탄에 다인이 진욱의 옆구리를 쿡 찔렀다. 얼른 식탁에 있는 소주를 집어 든 진욱은 평상시 술을 즐겨하는 지순에게 권했다.

"장모님, 한 잔 드세요."

"그래. 우리 잘생긴 사위가 주는 술, 안 받을 수 없지."

함박웃음을 지으며 술을 받아 드는 지순을 보고 민찬이 낮게 헛기침을 내뱉었다.

"모녀가 그저 잘생긴 남자만 밝히니."

"에이, 아빠도 멋져. 우리 오빠만큼은 아니지만."

다인의 칭찬에 환해지던 민찬의 얼굴이 이내 시무룩해졌다.

"농담, 농담. 아빠가 제일 멋져."

다인의 옆에서 진욱이 재빨리 양손 엄지손가락을 추켜세우고 흔들어 댔다. 멋지십니다, 라고 말하면서.

그 어색한 모양새에 식구들은 끝내 웃음을 터트렸다. 진욱답지 않은 어색한 행동에 오히려 분위기는 화기애애해졌다.

✣   ✤   ✣

시어머니인 희연과 같이 자고 싶다는 다인의 즉흥적인 제안에 진욱은 처갓집에 남게 되었다. 물론 문 하나만 열고 나가면 바로 어머니의 집이긴 했지만 말이다. 살짝 술에 취한 지순은 먼저 잠자리에 든다며 침실로 들어갔고, 넓은 거실엔 장인인 민찬과 진욱만이 남게 되었다.

"최 서방, 술 한잔하겠나?"

민찬이 아껴 두었던 양주를 꺼내 오자 진욱은 재빨리 술 잔을 들었다. 민찬이 잔에 술을 채워 주자마자 양주병을 받 아 든 진욱은 민찬의 잔을 채웠다.

"먼 길 내려오느라 힘들겠지만, 좀 더 찾아오게. 어머니 병 세가 심상치 않아."

화장으로도 가려지지 않는 어머니의 병색 짙은 얼굴을 떠 올리며 진욱은 천천히 고개를 끄덕였다. 희연이 위암으로 속 여 결혼을 시킨 게 아니라, 그 당시 이미 위암 말기였다는 사 실을 다인을 제외하고는 모두 알고 있었다.

다행히 공기 좋은 곳에 내려와 살면서 병원에서 말한 6개 월보다 더 긴 시간을 버티고 계셨지만, 어머니에게 남아 있 는 시간이 그리 길지 않다는 것을 진욱도 느끼고 있었다.

"그래도 자네한테 고맙구면."

단숨에 양주잔을 비운 민찬이 따뜻한 시선으로 진욱을 바라 보았다. 진욱도 그의 눈길을 바로 대했다. 예전부터 느낀 거지 만 다인의 눈은 아버지를 닮은 듯했다. 갈색 눈 특유의 다정함 에 마음이 따뜻해지는 걸 느끼며 진욱은 이마를 긁적였다.

"다인이가 많이 행복해 보여서 하는 말이야. 사실 결혼시 키고도 고민이 많았네. 자네가 계속 마음을 열지 않으면 어 쩌나 걱정했거든."

확신이 없었음에도 결혼을 허락해 준 민찬에게 진욱은 다시 한 번 감사함을 느꼈다. 민찬이 허락해 주지 않았다면 지금의 이 행복을 평생 모르고 살았을지 몰랐다.

아픈 어머니를 안심시키겠다는 핑계로 결혼을 하긴 했지만 사실 다인을 놓치고 싶지 않다는 욕심이 훨씬 더 컸다. 곁에 둘 자신도 없었으면서.

"제가 더 감사합니다."

"응?"

"다인일 저에게 주셔서 정말 감사합니다. 덕분에 행복이 무엇인지 확실하게 알았습니다."

서툴지만 진심을 전하려 애쓰는 진욱을 보며 민찬은 따뜻한 미소를 지었다.

"이건 애비라서 하는 말이 아니라, 다인이가 예쁘긴 정말 예쁘지?"

늦은 나이에 얻은 늦둥이 딸에 대한 애정이 듬뿍 묻어나는 말투였다.

"예쁘다는 말이 부족할 정도로요."

낯간지러운 말을 하는 게 부끄러운지 진욱의 얼굴이 살짝 달아올랐다. 그런 진욱이 저보다 더 팔불출처럼 느껴져 민찬은 껄껄 웃음을 터트렸다.

"그래, 그래. 예쁘다는 말로도 부족하지. 자, 마시게."

두 남자의 화기애애한 술자리는 그 뒤로도 계속 이어졌다.

그 시각, 희연과 다인 역시 한 침대에 누워 도란도란 수다를 이어 가고 있었다.

"오빠 강의하는 모습이 얼마나 멋진데요. 어머니, 제가 나중에 사진 찍어 보내 드릴까요?"

다인 특유의 밝은 분위기에 매료된 듯 희연의 입가에선 미소가 떠나지 않고 있었다.

"그래 주면 나야 고맙지."

"그런데 안색이 왜 이렇게 안 좋으세요? 어디 아프세요?"

한 달 전에 봤을 때보다 더욱 핼쑥해진 희연을 다인이 걱정스러운 눈으로 바라보았다.

"괜찮아. 얼마 전에 독감을 심하게 앓았더니 이러는구나."

"이젠 괜찮으신 거 맞죠?"

"그럼. 걱정 말거라."

"어떻게 걱정을 안 해요? 오빠한테는 어머니뿐인데. 건강하게 오래오래 사셔야죠."

속 깊은 다인의 말에 희연은 주름진 손을 뻗어 그녀의 손을 붙잡았다. 그리고 한참 동안 말없이 다정하게 손등을 쓰다듬었다.

"이젠 네가 있잖니. 그래서 얼마나 든든한지 몰라. 고맙다, 다인아."

"저랑 어머니가 비교는 되나요. 오빠가 말을 안 해서 그렇지, 어머니 걱정 많이 해요."

"이렇게 예쁜 아내를 곁에 두고 왜 쓸데없는 걱정을 한다니. 내 걱정 말고 둘이 알콩달콩 예쁘게 살아. 나는 그거면 돼. 둘이 서로 아끼고, 믿고. 알겠지?"

"네, 걱정 마세요."

다인의 머리카락을 다정한 손길로 쓸어 넘겨 주는 그녀였다. 하고 싶은 말이 굉장히 많은지 손끝이 살짝 떨리고 있었다.

"결혼할 때 내가 한 말 기억하니?"

희연의 물음에 다인은 생긋 웃으면서 고개를 끄덕였다.

"네. 오빠가 절 많이 아낀다고 말씀하셨잖아요. 표현이 서투른 사람이니 서운해하지 말라고도 하셨고요."

"오늘 보니 우리 진욱이도 많이 달라진 것 같구나. 그래서 다인이에게 더욱 고마워. 내 마음도 놓이고."

"네, 오빠 많이 변했어요. 그러니까 이제 그런 걱정 안 하셔도 돼요."

"그래, 정말 고맙구나. 고마워."

많이 피곤한지 눈을 스르르 감으면서도 희연은 연신 고맙다는 말을 하고 있었다. 혹시 희연의 잠을 방해할까 조용히 있던 다인은 그녀의 입에서 흘러나오는 편안한 숨소리에 조심스레 몸을 일으켰다.

이불을 제대로 덮어 드리고는 어두운 방을 밝히던 유일한 불빛인 스탠드를 껐다.

"제가 더 고마워요, 어머니. 오빠 저한테 보내 주셔서."

나지막한 목소리로 속삭인 다인은 행복한 미소를 지으며 잠에 빠져들었다. 이게 희연과 함께 보내는 마지막 밤이 될 거란 사실은 미처 모른 채로.

※   ❄   ※

주말이라 길이 막히는 바람에 일곱 시간여 만에 집으로 돌아온 두 사람은 소파에 쓰러지듯 주저앉았다. 등받이에 머리를 기대고 얼굴을 마주 보던 둘은 이내 서로를 닮은 미소를 지으며 손을 붙잡았다.

"힘들었지? 운전한다고."

애교 섞인 다인의 물음에 진욱은 느릿하게 고개를 내저었다.

"그건 별로 안 힘들었는데. 다른 거 때문에 힘들었지."

"다른 거?"

눈을 동그랗게 뜨며 되묻는 다인의 입술에 부드러운 진욱의 입술이 닿았다. 사랑스러워 미치겠다는 듯, 애정이 듬뿍 담긴 몇 번의 버드키스가 이어졌다. 하지만 언제나 그러하듯 키스는 점점 거칠어져 갔다.

아랫입술을 세차게 빨며 곧장 그녀의 입속으로 들어간 혀가 빠르게 치열을 훑었다. 거칠지만 자극적인 키스에 호흡 역시 가빠졌다. 거친 숨결을 내뱉으며 그의 키스를 받아들이던 다인의 몸은 어느새 소파 위에 눕다시피 기대 있었다.

"이런 거."

입술을 떼며 섹시한 미소를 짓던 진욱이 다인의 몸을 일으켜 제 품 안에 가두었다. 첫날밤 이후 몇 번의 뜨거웠던 밤을 겪은 두 사람은 어느새 감정을 표현하는 데 있어 거침이 없었다.

"씻고 올까?"

고개를 살짝 뒤로 젖혀 진욱을 바라본 다인이 유혹하듯 말했다.

"지금 당장."

허스키한 목소리로 속삭이는 진욱의 말에 다인의 입에서 행복한 웃음이 터져 나왔다.

"10분. 각자 씻고 10분 뒤에 만나."

함께 씻자는 제안을 진욱이 해 보았지만, 아직 부끄럽다는 다인의 강력한 주장에 한발 물러날 수밖에 없었다. 침실의 욕실에는 다인이, 거실 쪽 욕실에는 진욱이 들어갔다.

정확히 10분이 흐른 후, 목욕 가운을 걸친 두 사람이 지금은 침실이 된 예전 다인의 방 침대 앞에 마주 섰다.

원래 사랑스러운 다인이었지만, 씻고 나온 직후의 모습은 유난히 더 사랑스러웠다. 물기를 머금어 촉촉해진 도톰한 입술을 보는 순간 목욕가운 안의 남성이 잔뜩 성을 내며 일어섰다.

거북함이 들 정도로 단단해진 남성을 느끼며, 진욱은 천천히 다인을 향해 다가갔다. 그리고 곧장 보드라운 두 뺨을 손으로 감싸며 촉촉한 입술을 덮쳤다.

향긋한 향기와 함께 뜨거운 숨결이 입안에 요동쳤다. 어찌하여 너는 이토록 사람을 미치게 만드는 것일까. 이미 쾌락의 노예가 된 진욱은 더욱 세차게 다인의 혀를 빨아 당겼다. 온몸을 들뜨게 만드는 숨결까지 빨아 당기며 그녀의 몸을 번쩍 안아 들었다.

처음 하는 관계도 아닌데 그녀를 안을 때면 언제나 마음이 조급했다. 목욕가운을 단숨에 열어젖히자, 눈처럼 하얗고 가녀린 몸이 시야에 가득 차올랐다.

"하읏!"

두 손으로 봉긋한 젖가슴을 움켜잡고, 손가락 사이에 잔뜩 흥분해 단단해진 돌기를 끼고 비볐다. 손이 이리저리 움직일 때마다 가녀린 몸이 움찔움찔 떨리며 야릇한 신음을 토해 냈다. 그조차 미치도록 사랑스러워 진욱의 욕망을 더욱 자극하고 있었다.

눈, 코, 입, 목덜미를 따라 천천히 내려온 입술이 하얀 몸 곳곳에 붉은 흔적을 만들었다. 뜨거웠던 열기가 고스란히 남은 붉은 흔적들이 진욱을 활활 타오르게 만들었다.

애무를 받고 있는 건 다인이었는데, 애무를 하고 있는 진욱이 오히려 더 흥분하는 그런 이상한 현상이 이어지고 있었다.

너는 정말 나를 미치게 만든다.

더는 못 참고 흠뻑 젖은 여성 안으로 성난 남성을 밀어 넣으며 진욱은 뜨거운 숨을 토해 냈다.

"하, 흐흣!"

"아아, 흐으윽!"

누구의 것인지 알 수 없는 신음이 뒤섞였다. 흥분이 고조될수록 여성은 남성을 조였고, 그럴수록 남성은 더욱 세차게 움직였다. 침대가 출렁거릴 정도로 거친 섹스였지만, 두 사람 다 결코 멈출 생각은 하지 않았다.

머릿속을 하얗게 만드는 절정에 도달하고 나서야 침대의 출렁거림이 잦아들었다. 침실 안은 두 사람의 몸에서 뿜어져 나온 뜨거운 열기로 가득했다.

"으으……."

귓가에 들리는 괴로운 울음소리에 진욱의 곁에서 잠들었던 다인이 재빨리 눈을 떴다. 땀을 흘리며 괴로워하는 그의 모습이 눈에 들어왔다.

전에도 이런 그를 본 적이 있었다. 도대체 무슨 꿈이 그를 이토록 괴롭게 하는 걸까.

"괜찮아, 오빠. 괜찮아."

땀에 젖은 진욱의 머리를 감싸 안으며, 다인이 다정한 손길로 그의 등을 토닥였다. 그런 제 속삭임을 들은 걸까. 진욱의 흐느낌이 점차 잦아들었다.

"오빠가 행복한 꿈만 꾸면 좋겠는데."

꿈이라는 걸 알면서도, 그가 괴로워하는 게 싫었다. 온 힘을 다해 행복하게 해 주고 싶은 사람이었기에, 그의 꿈조차도 행복했으면 좋겠다. 제게 말해 준 아버지의 과거와 연관이 있다는 걸 짐작하고 있었기에 다인은 더욱 마음이 아팠다.

"오빠가 늘 웃길 바라고 있어."

그만 괴로운 과거에서 진욱이 벗어나길 다인은 진심으로 바라고, 또 바랐다.

또다시 아버지의 꿈을 꿨다. 아니, 처음엔 아버지였지만 나중엔 아버지의 모습이 제 모습으로 변해 있었다. 너와 나는 다를 게 없다는 아버지의 경고인 것 같아 진욱은 마음이 어두워졌다.

꿈의 여파로 컨디션이 하루 종일 엉망이었다. 떠올리지 않으려고 애를 썼지만 멋대로 침범하는 기억들을 막을 수가 없었다.

"교수님, 어디 아프신 거 아니에요?"

진욱의 컨디션이 안 좋다는 걸 눈치챘는지 재윤이 조심스레 물어 왔다.

"아니야, 괜찮아."

고개를 저은 진욱은 책상 위의 시계를 내려다보았다. 이제 곧 다인이 강의를 듣는 물리학 교양 시간이었다. 우울한 기분을 가시게 만들어 주는 다인의 따뜻한 미소를 떠올리며 진욱은 강의 자료를 챙겨 일어섰다.

"다녀오세요."

"그래."

평상시보다 서둘러 강의실로 향했다. 조금이라도 빨리 다인을 보고 싶은 마음에 걸음이 빨라지는 건 어쩔 수가 없었다.

복도의 모퉁이를 돈 순간, 강의실 근처에서 한 남학생과 불편한 얼굴로 마주 보며 서 있는 다인의 모습이 보였다. 수

군거리며 구경하는 학생들 사이에 진욱은 굳은 얼굴로 멈춰 섰다.

"이민혁이 유다인한테 고백하나 보다."

"그러게. 와우, 저 고백 성사되면 S대 퀸카, 킹카 커플 탄생인 건가?"

"잘 어울리긴 한다."

귓가에 들리는 학생들의 수다에 진욱의 표정은 점점 더 어두워졌다.

"나도 이렇게 멋없게 고백하고 싶지는 않았는데 네가 좀처럼 시간을 안 내주니까. 교양 수업도 일부러 너 따라 신청한 거야. 그렇게라도 너 한 번 더 보려고."

손에 저절로 힘이 들어갔다. 당장이라도 주먹을 날리고 싶은 충동을 꾹 누르며 진욱은 차가운 눈빛으로 민혁을 응시했다.

"나 만나는 사람 있어."

단호한 다인의 거절에도 여전히 마음이 불편했다. 자신을 잠식해 나가는 다인을 향한 소유욕에 진욱은 눈을 질끈 감았다. 또다시 어젯밤 꿈속에서 다인을 핍박하던 제 모습이 떠올라 숨소리마저 거칠어졌다.

"그래도 상관없어."

자신감 넘치는 민혁의 목소리에 진욱은 거친 숨을 가다듬었다. 그리고 발을 움직여 굳은 얼굴로 그들 사이에 끼어들었다.

"아무래도 난 상관을 좀 해야 할 것 같군."

갑작스러운 진욱의 등장에 민혁과 다인이 놀란 눈으로 그를 올려다보았다.

"내 강의를 듣는 학생들 같은데 그만 들어가는 게 좋을 거야. 곧 강의가 시작될 예정이라서."

애써 덤덤한 척, 아무렇지 않은 척 말하며 진욱은 손목에 찬 시계를 두드렸다. 그제야 민혁은 뻘쭘한 얼굴로 돌아섰다.

"나중에 다시 얘기하자."

끝까지 다인에 대한 미련을 못 버린 채.

눈빛으로 사람을 죽일 수 있었다면, 벌써 저 녀석은 이 세상 사람이 아닐 것이다. 강의실 쪽으로 걸음을 옮기는 민혁을 매섭게 바라보던 진욱은 감격한 눈으로 자신을 올려다보고 있는 다인을 향해 시선을 돌렸다.

제 비뚤어진 속을 다 들여다보았다면 절대 저런 표정을 짓지 못할 텐데. 가두고 싶었다. 아무도 다인을 볼 수 없게. 자신 말고는 그 누구도 그녀를 사랑할 수 없게. 제 어두운 세상에 꽁꽁 가둬 놓고 싶었다.

마음속에 피어오르는 추악한 본성에 진욱은 무거운 한숨을 삼킨 뒤 먼저 강의실로 걸음을 옮겼다. 애써 차분하게 마음을 가라앉히고 단상 위에 선 그는 학생들이 자리에 앉길 기다렸다 강의를 시작했다.

"일반 상대성이론을 설명하기 전, 저번 시간에 배운 특수 상대성이론에 대해 간단하게 설명할 사람?"

천천히 학생들을 둘러보던 진욱이 방금 전 다인에게 고백했던 민혁을 향해 시선을 멈추었다.

"그래. 자네가 좋겠군."

"저, 저요?"

갑자기 지목을 받은 민혁이 꽤나 당황한 얼굴로 진욱을 바라보았다.

"그래. 설마 여자에게만 관심 있고, 물리학에는 관심이 없는 건 아니겠지? 이 강의를 듣고 싶어도 못 듣는 학생이 수십 명이 넘는다는 걸 알고 있나?"

유치하다는 걸 알면서도 민혁을 보자 속이 뒤틀리는 건 어쩔 수 없었다.

"아, 알고 있습니다."

"알고 있다니 다행이군. 그럼 저번 강의를 얼마나 잘 들었는지 증명해 보도록."

민혁의 얼굴이 하얗게 질려 갔다. 더듬더듬 입을 열긴 했지만, 갑작스레 지목을 당한 탓인지 강의 내용이 하나도 떠오르지 않았다.

"그러니까…… 아인슈타인이, 아, 아니. 그게, 음……."

"자넨 내 강의를 들을 자격이 없어 보이는군. 다음 시간부터 들어올 필요 없어."

"교, 교수님."

"더 관심 있는 강의 계절학기나 준비하도록. 괜히 관심도 없는 강의에 힘 빼지 말고."

말투는 무덤덤했지만, 눈빛은 차가웠다. 그런 진욱의 차가운 눈빛에 민혁은 고개를 푹 숙이고 말았다. 진욱의 이런 모습은 처음이었기에 학생들은 더욱 긴장할 수밖에 없었다.

"그래. 특수 상대성이론에 대해 설명할 사람."

조용히 손을 드는 몇몇 학생들 중 한 명을 가리킨 진욱은, 놀란 눈으로 자신을 보고 있는 다인을 바라보다 이내 시선을 돌렸다. 제 스스로가 한심해서 견딜 수가 없었기에.

거실에 앉아 신문을 보고 있던 진욱은 제 앞에서 홍차를 마시며 눈치를 살피는 다인의 눈빛에 끝내 신문을 접고 말았다.

"할 말이 뭔데."

뭐냐고 묻긴 했지만 그녀가 할 말을 이미 예상한 듯 진욱의 얼굴이 살짝 붉어졌다.

"그냥. 오빠 그런 모습 처음 봐서."

다인이 생긋 웃으며 진욱의 곁으로 다가왔다.

"질투했지? 엄청, 엄청."

엉망진창인 제 속을 아는지 모르는지 다인은 무척이나 즐거워 보였다.

"했다면?"

이마를 손으로 매만지며, 진욱은 축 처진 목소리로 되물었다.

"좋아서. 오빠가 대놓고 질투해 주니까 정말 좋았어. 봐. 지금도 심장이 두근거린다니까."

다인이 진욱의 손을 붙잡아 제 왼쪽 가슴을 향해 끌고 갔다. 그런 다인을 보며 진욱은 나지막하게 한숨을 내쉬었다.

"난 끔찍했어."

"왜?"

"……실상은 더 잔인하고, 유치하니까."

다인은 괜찮다고 했지만 자신은 여전히 무섭고 두려웠다. 지금은 그 남학생을 향해 질투를 표출하는 정도로 끝났지만 소유욕이 강해질수록 혹시나 다인을 상처 입히게 되지 않을까 두려워졌다.

"오빠 못 믿겠으면 날 믿어."

말간 갈색 눈에는 오롯이 제 자신만이 담겨 있었다. 저를 품는 다인의 넓은 마음에 불안이 점차 사라져 갔다.

"말했지. 오빠가 어떤 사람이든 난 항상 오빠를 사랑할 거라고."

크고, 따뜻하고, 포근했다. 다인의 그 마음에 진욱은 불안과 싸울 힘을 얻었다. 천천히 고개를 숙인 진욱은 다인의 보드라운 입술에 제 입술을 맞추었다. 다정하고 따뜻한 키스가 이어졌다. 그녀의 심장 부근에 머물렀던 손이 천천히 동그란 가슴을 움켜잡았다.

그 손 위에 다인의 포근한 손이 포개졌다. 따뜻한 기운이 온몸으로 퍼져 진욱은 위로받고 있었다. 이제 더는 홀로 불안해하지 않아도 된다는 위로에 진욱의 마음은 그 어느 때보다 편안해지고 있었다.

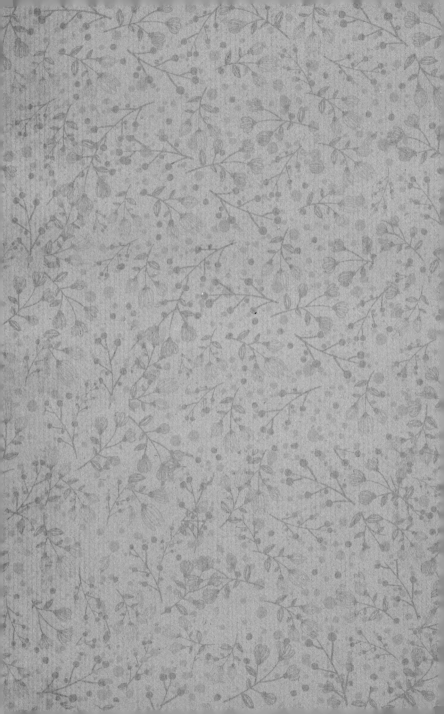

"안녕하세요, 교수님."

"그래."

교정에 넓게 자리 잡은 잔디밭을 거닐며 교수실이 있는 공대 건물로 향하던 진욱은 마음을 울렁거리게 만드는 익숙한 웃음소리에 걸음을 멈추었다. 잔디밭에 앉아 같은 과 친구들과 즐겁게 이야기를 나누고 있는 다인의 모습이 눈에 들어왔다.

본인은 알고 있는지 모르겠지만, 다인에겐 그녀만이 가지고 있는 특유의 밝은 빛이 있었다. 그렇기에 그녀를 알고 있는 대부분의 사람들이 그녀를 좋아했다. 남자건, 여자건 상관없었다. 그녀가 있는 곳은 그녀 특유의 밝은 분위기에 휩싸여 유난히 반짝거렸다.

자신이 그녀를 보듯 애정 어린 시선으로 다인을 보는 몇몇 남학생들의 시선에 심기가 불편해졌다. 그 틈을 타 비집고 올라오는 질투란 감정에 진욱은 멋쩍은 웃음을 지으며 들고 있던 핸드폰을 열었다.

다인에게 위로를 받은 이후, 좀 잠잠해지나 했더니 이놈의 유치한 질투는 여전했다. 하지만 더는 이런 제 질투가 싫거나 불편하지 않았다.

단축번호 1번을 길게 누르자 이내 햇살보다 더 해사한 미소를 지으며 친구들 사이를 빠져나오는 그녀가 보였다. 그 모습을 보는 것만으로도 못난 질투가 조금 잠재워졌다.

—오빠, 웬일이야? 학교에 있을 때 전화를 다 하고.

자신과 등을 지고 있어 옆모습밖에 안 보였지만, 여전히 미소가 번져 있는 다인의 얼굴에 진욱 역시 따뜻한 미소를 지었다.

"뭐해?"

—응. 조별 과제 논의 중이야. 날씨가 좋아서 잔디밭에 나와 있어.

"그래? 그럼 오늘 늦겠네."

다인의 얼굴이 좀 더 잘 보이는 쪽으로 진욱은 느릿하게 걸음을 옮겼다.

─왜? 무슨 일 있어?

자신이 근처에 있다는 걸 전혀 모르고 눈을 동그랗게 뜨며 되묻는 다인의 모습을 진욱은 다정한 눈길로 바라보았다.

"아니, 그런 건 아니고. 모처럼 데이트나 할까 했지."

데이트란 단어에 다인의 표정이 눈에 띄게 환해졌다. 그 모습을 보는 것만으로도 마음속 불안이 모조리 사라졌다.

─일찍 갈게. 무조건 일찍 가야지. 이따 끝나고 전화할게.

"그래. 너무 무리하지는 말고."

─응, 그럼 나중에 봐. 사랑해.

다인이 전화 받는 모습을 보고 있던 남학생들은 그녀의 입 모양에 실망을 감추지 못하는 눈치였다. 이제야 확실히 마음이 놓인 진욱은 생긋 웃으며 뒤돌아섰다.

유다인 때문에 점점 더 유치해지는구나. 하지만 이런 유치함이 그리 싫지는 않았다. 변화의 원인이 다인이란 사실만으로도 유치한 제 모습까지 좋아지고 있는 그였다.

다인과 기분 좋게 통화를 마치고 돌아온 진욱은 자리를 지키고 있어야 할 재윤 대신 교수실을 차지하고 있는 지환의 모습에 인상을 찌그렸다.

"네가 여기 왜 있어?"

"왜 있긴. 꽃같이 어여쁜 마누라 두고도 집에 못 들어가는 널 구제해 주려고 있지. 같이 술 마셔 줄게. 아, 조교는 내가 먼저 들여보냈어. 얼굴이 아주 누렇게 떴더만? 이제 20대 중반의 파릇파릇한 청춘에게 도대체 무슨 짓을 한 거냐? 네가 맨날 집에 안 들어가고 연구니, 뭐니 해 대니까 조교 얼굴이 그렇지."

겨우 얼굴 몇 번 본 사이인 재윤의 편을 어찌나 드는지, 누가 보면 지환이 교수인 줄 알 정도였다.

진욱은 지환의 말을 한 귀로 듣고 한 귀로 흘리며 책상 앞에서 가방을 챙겼다.

"이것 봐. 바로 가방 챙기는 거 보니까 너도 오늘 심심했지?"

"너랑 술 마시러 가려는 거 아닌데?"

덤덤한 진욱의 말에 지환이 눈을 동그랗게 떴다.

"그럼?"

"꽃같이 어여쁜 마누라 보러 간다. 그럼 다음에 보자."

가방을 어깨에 멘 진욱이 지환을 향해 손을 내저었다. 그러자 지환이 곧장 달려와 그의 목에 헤드록을 걸었다.

"뭐야? 너 뭔 일 있지? 드디어 거사를 치른 거냐? 응? 신혼 재미에 푹 빠진 거야? 그렇다고 친구를 바로 내팽개쳐? 내가 너랑 같이 마셔 준 술이 몇 병인 줄 알아?"

"거사는 무슨. 그만 좀 풀어 주지? 답답한데."

말은 퉁명스레 하면서도 잠시 후 있을 다인과의 데이트 생각에 기분이 좋은지 진욱의 얼굴엔 미소가 사라지지 않고 있었다.

"뭔가 있긴 있네. 너답지 않게 왜 자꾸 실실 웃어? 무섭게."

여전히 진욱을 놓아주지 않으며 지환이 집요하게 캐물었다. 그때 지이잉, 하고 울어 대는 진욱의 핸드폰 소리에 두 사람은 잠시 휴전을 했다. 지환에게서 간신히 풀려나 웃는 얼굴로 핸드폰을 보던 진욱의 표정이 이내 눈에 띄게 어두워졌다.

"뭐야? 너 이렇게 감정이 그대로 표정에 드러나는 인간이었어? 무슨 일인데 그래?"

"술 마시러 가자."

한숨을 푹 내쉬며 진욱은 핸드폰을 주머니에 쑤셔 넣었다.

아직 채 꺼지지 않은 액정에선 '오빠, 미안해. 워낙 중요한 조별 과제라서 도저히 빠질 수가 없네. 데이트는 내일 해요. 너무 보고 싶다'라고 적힌 메시지와 함께 엉엉 우는 모양의 이모티콘이 깜박이고 있었다.

"보아하니 다인이한테 온 연락이구먼. 왜? 오늘 바쁘대?"

정곡을 찌르는 지환을 차갑게 노려본 진욱은 먼저 교수실을 빠져나갔다. 같이 가자고 뒤에서 외치는 지환의 말을 무시한 채로.

어찌 됐든 끈덕지게 지환이 따라붙은 덕분에 두 사람은 학교에서 멀지 않은 단골 바에 함께 앉아 있을 수 있었다. 다인에게 메시지가 온 이후로 축 처져 있는 진욱의 잔에 지환이 제 잔을 부딪쳤다.

"근데 너 패션이 점점 '영'해지는 거 아니냐? 샛노란 셔츠라니. 심히 부담스럽다. 왜, 다인인 아직 새파랗게 어린데 너만 나이 드는 것 같아 슬퍼? 그래서 옷으로 발악이라도 해보는 거?"

정곡만 쿡쿡 찔러 대는 얄미운 지환의 입에 진욱이 안주로 나온 사과를 쑤셔 넣었다. 제발 입 좀 다물어 달라는 간절한 바람을 담아서. 하지만 그의 입은 좀처럼 다물어지지 않았다.

"하긴 다인이가 좀 예뻐야지. 학교에서도 인기 엄청 많지?"

"나 그냥 갈게."

짜증이 묻은 목소리로 중얼거리며 몸을 일으키는 진욱을 지환이 재빨리 붙잡았다.

"가긴 어딜 가. 알았어, 알았어. 입 다물게."

하지만 그것도 얼마 못 가 지환은 또다시 슬슬 입에 시동을 걸었다.

"근데 다인이는……."

"그만하랬다?"

"아, 들어 봐. 좋은 얘기야."

손을 휘휘 내젓는 지환을 보며 진욱이 짜증 섞인 얼굴로 술을 마셨다.

"다인이는 너밖에 모르잖아. 너 유학 가 있을 때도 툭하면 나한테 연락 와서 네 소식 묻곤 했다. 우리 오빠 잘 지낸대요? 어디 아픈 덴 없는 거죠? 난 안 보고 싶대요? 커다란 눈을 깜빅이며 묻는데 그 모습이 어찌나 예쁘고…… 큼큼. 아니, 이게 아니고……."

예쁘다는 단어에 매서워지는 진욱의 눈빛을 본 지환이 낮게 헛기침을 내뱉었다.

"어쨌든 그 모습이 엄청 애처로웠어. 유다인 세상에 존재하는 남자는 오직 너뿐일 거다. 난 아직도 기억난다. 우리 고등학교 때, 수업 끝나고 너희 집 가면 꼬맹이 다인이가 사뿐사뿐 걸어와서 너한테 폭 안기던 거. 처음엔 네가 사고 쳐서 낳은 줄 알았다니까."

또다시 진욱의 눈빛이 매서워지자 지환이 재빨리 꼬리를 내렸다.

"아니. 부녀 사이로 보일 만큼 잘 어울렸다, 그 말이지. 하

하. 그런데 다인이가 널 언제부터 좋아했는지는 알겠는데, 넌 도대체 언제부터였냐?"

평상시 호기심이 왕성한 지환은 궁금해 못 참겠다는 듯이 눈을 반짝이며 진욱의 대답을 재촉했다.

"알아서 뭐하게."

하지만 제 얘기를 쉽게 하지 않는 진욱은 단칼에 지환의 호기심을 잘라 냈다.

"좀 알려 주지? 그간 정도 있는데. 왜? 너 설마 다인이가 꼬맹이일 때부터 좋아한 건 아니지?"

술잔을 들고 있던 진욱의 손이 미세하게 떨렸다. 순간 그걸 캐치해 낸 지환이 경악한 눈으로 그를 바라보았다.

"설마 진짜 그런 거냐? 꼬맹이 유다인한테 반한 거야? 이 자식 알고 보니 도둑놈이네."

"조용히 좀 해. 시끄러워서 술을 못 마시겠네."

차마 아니라는 변명은 하지 못한 채 진욱은 무뚝뚝한 목소리로 중얼거렸다.

"자식, 민망해서 그러는구나? 그래, 이 형이 다 이해한다. 어쨌든 다인이만의 짝사랑이 아니었다 그거네. 이 요망한 자식."

"신 나? 내 비밀 알아서?"

평상시보다 더 흥이 넘치는 지환을 보며 진욱은 피식 웃었다.

"당연하지. 신 나 미치겠다. 네가 내 약점 잡은 적은 있어도, 내가 네 약점 잡은 적은 없잖냐."

"신 나게 해 줘서 아주 고맙겠다?"

"누구? 너한테? 뭐, 생각해 보니 고맙네. 내가 요즘 신 날 일이 별로 없었는데."

특유의 얼빠진 웃음을 실실 지으면서 지환이 진욱의 어깨를 두드렸다.

"고맙다. 그런데 내가 왜 너한테 고마워하고 있지?"

역시 이 녀석도 정상은 아니었다. 뭐, 그런 게 재미있어 지금까지 친구를 하고 있긴 하지만 말이다.

"됐고. 고마우면 그거나 좀 줘."

"뭐?"

안주로 나온 딸기를 먹으며 지환이 되묻자 진욱은 민망한 듯 이마를 긁적였다.

"그거 있잖아."

"뭔데?"

"흠, 남자 몸에 좋다던 그거."

헛기침을 내뱉으며 나지막하게 중얼거리는 진욱의 말에 잠시 멍한 표정을 짓던 지환이 이내 유쾌한 웃음을 터트렸다. 테이블을 붙잡고 어깨를 들썩이며 요란하게 웃어 대는 통에 사람들의 시선이 두 사람에게 쏠리고 있다는 게 문제라면 문제였지만.

　괜히 말했다 생각하며 뒤늦은 후회를 하고 있는데 테이블 위에 올려 두었던 핸드폰이 지이잉 하고 울어 댔다. 액정에 다인의 이름이 뜨는 순간 어찌나 반가운지.

　이 틈을 타 지환의 곁에서 벗어날 수 있게 된 걸 안도하며 핸드폰을 들고 자리에서 일어난 진욱은 전화에 집중할 수 있게 가게를 빠져나왔다.

　"응, 다인아."

　―어디야? 나 지금 집에 가는 길인데.

　집에 가고 있다는 그녀의 말에 진욱의 얼굴이 금세 환해졌다.

　"조별 과제해야 한다고 하지 않았어?"

　―원래는 그랬는데 조원 한 명이 일이 생겼다네. 그래서 내가 얼른 내일로 미루자고 했어. 오빠랑 데이트하려고. 그런데 다른 약속 생긴 거 아니야? 밖인 것 같은데.

　"아, 지환이 녀석이랑 술 한잔하고 있었어."

　―그래?

　실망한 다인의 목소리가 수화기를 통해 전달되었다.

　"걱정 마. 지금 바로 갈게. 가고 싶은 곳 생각해 놔."

　―정말? 나야 좋지. 지환 오빠한텐 미안하다고 전해 줘.

　"됐어. 그 녀석은 신경 안 써도 돼."

전화를 끊고 다시 바 안으로 들어가자 지환은 여전히 실실 웃으며 가방을 뒤지고 있었다. 그 모습을 보며 한숨을 푹 내쉰 진욱은 계산서를 집어 들었다.

"어, 어디 가? 내가 네 몸에 좋은 거 찾고 있는데."

하도 웃어서 살짝 쉰 목소리로 묻는 지환을 향해 진욱은 손을 내저었다.

"너나 많이 먹어. 간다. 다인이가 기다려서."

"야! 최진욱!"

자신을 부르는 지환의 외침을 가볍게 무시해 주었다. 그래도 오늘 녀석에게 큰 웃음을 선사했으니 이렇게 가는 게 별로 미안하지는 않았다.

네가 즐거웠으면 됐다, 친구야.

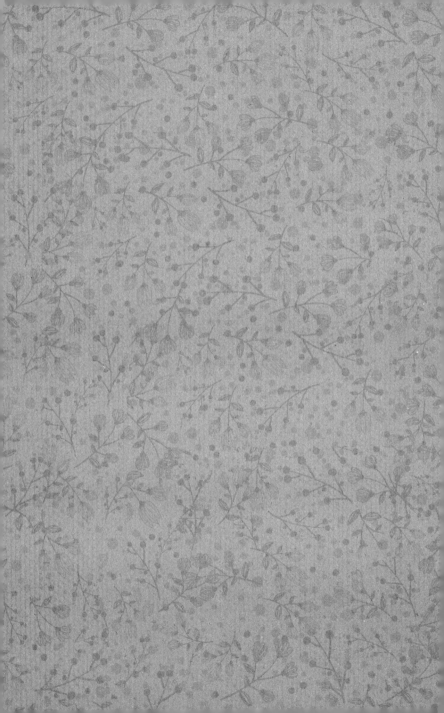

다인이 데이트 장소로 고른 곳은 두 사람의 추억이 고스란히 남아 있는 동네였다. 술을 마셔 운전을 할 수 없기에 택시를 타고 약 20분 거리에 있는 예전 동네에 도착했다. 조용한 전원주택 단지를 손을 꼭 잡은 채 거닐며, 다인이 생긋 웃었다.

"나 항상 이게 꿈이었는데."

들뜬 다인의 목소리에 진욱의 입가에도 잔잔한 미소가 번졌다.

"뭐?"

"이렇게 오빠 손 잡고 걷는 거 말이야. 이 동네에 그렇게 오래 살면서 오빠 손 잡고 걸은 적이 없네."

"너 꼬맹이 땐 맨날 내 손 잡고 다녔어."

진욱의 말에 다인은 입을 삐죽였다.

"그건 오빠가 나 보호하는 차원에서 그런 거고. 지금처럼 이런 느낌은 아니었잖아?"

"이런 느낌은 뭔데?"

진욱의 물음에 다인이 눈을 동그랗게 떴다.

"그럼 아무 느낌도 안 들어, 오빠? 이렇게 내 손을 잡고 있는데?"

"따뜻해."

"그게 다야?"

실망한 기색이 완연한 다인의 얼굴을 보고 있자니 웃음이 나왔다.

"계속 잡고 있으려니 좀 갑갑한 것 같기도 하고."

"뭐?"

"놓고 걸을까?"

"오빠!"

진욱이 정말 손을 놓자 다인의 목소리 톤이 높아졌다. 그런 다인을 보며 피식 웃던 진욱은 왼손을 뻗어 다인의 어깨를 감쌌다.

"손잡는 것보다 이게 더 좋네. 더 가까이 있을 수 있고."

"일부러 그랬지?"

슬쩍 흘겨보는 다인에게 오른손을 뻗어 앞머리를 가볍게 헝클었다.

"뭘 자꾸 확인하려고 그래. 말했잖아. 널 보면 항상 떨린다고."

"정말?"

활짝 웃는 얼굴로 되묻는 다인을 향해 느릿하게 고개를 끄덕였다.

"근데 언제부터야? 언제부터 날 보면 떨렸는데? 응?"

다인의 물음에 잊지 못할 기억이 떠올랐다. 어느새 눈앞에 귀여운 다인의 모습이 나타나며, 끔찍했던 아버지의 망령에서 처음으로 구원받았던 그날이 생생하게 되살아나고 있었다.

1년 중 가장 견디기 힘든 날이 바로 돌아가신 아버지의 기일이었다. 눈을 뜨고 있는 것 자체가 고역이었다. 어디에서나 나타나는 아버지의 망령에 숨조차 제대로 쉴 수가 없었다.

아버지의 망령은 다정하게 머리를 쓰다듬어 주기도 하고, 금방이라도 울 것 같은 얼굴로 자신을 바라보기도 했다.

그러다 결국엔 목을 매단 마지막 모습이 시야를 가득 차지했다. 그 참혹한 모습을 마주할 때면 호흡이 턱 끝까지 가빠지고 온몸이 바들바들 떨렸다.

매번 그런 일에 시달리다 보니 아버지 기일엔 학교조차 갈 수가 없었다. 일상생활이 불가능한 날이었으니까.

"헉, 헉."

또다시 아버지의 망령을 마주한 진욱은 정원 의자에 앉아 거친 숨을 토해 냈다. 어머니가 잠시 장을 보러 가는 통에 홀로 집에 있기 두려워 정원으로 나왔건만 아버지의 망령은 끊임없이 따라붙었다.

실제 존재하는 것이 아니라 자신이 만든 환상이라는 걸 알고 있으면서도 그날만큼은 감정을 컨트롤하는 게 쉽지 않았다.

그때 고사리만큼 작은 손이 제 팔을 움켜잡았다. 두려움에 눈을 질끈 감고 있던 진욱은 부드러운 손의 감촉에 슬며시 눈을 떴다.

"오빠, 아파?"

커다란 눈 가득히 걱정을 담고 자신을 바라보는 다인을

향해 진욱은 천천히 고개를 내저었다.

"아니야. 괜찮아."
"아프지 마. 오빠 아픈 거 싫어."

여전히 제 걱정을 하는 다인의 머리를 진욱이 다정한 손길로 쓰다듬었다.

"괜찮아."
"정말?"

금방이라도 울 것 같은 갈색 눈망울이 더욱 동그랗게 떠졌다. 눈이 갈색이라 그런가, 유난히 더 따뜻하게 느껴졌다.

"응."
"그런데 오빠 표정이 막 이래."

눈에 손가락을 가져다 대고 축 늘어뜨리는 다인의 모습이 귀여워 입가에 잔잔한 미소가 번졌다.

"그건 조금 괴로운 일이 있어서 그래."

"누가 오빠 괴롭혀?"

"······응. 그러네."

그게 너무나 사랑하고, 존경했던 아버지라는 게 문제였지만.

"그럼 내가 이거 줄게."

어깨에 메고 있던 앙증맞은 핑크빛 가방에서 반들반들 까만 자갈돌 하나를 내미는 다인이었다.

"돌멩이 용사야."

다인은 유난히 돌멩이 줍는 걸 좋아했다. 어린아이다운 귀여운 상상력에 진욱은 싱긋 웃으며 고개를 끄덕였다.

"멋지네."

"힘도 엄청 세. 돌멩이 용사가 앞으로 오빠 지켜 줄 거야."

"그래. 정말 든든하다."

진욱은 다시 한 번 다정한 손길로 다인의 머리를 쓰다듬었다. 처음엔 그저 가볍게 어린아이의 말에 맞장구를 쳐 준 것뿐이었다. 그런데 정말 신기하게도 그 돌을 쥐고 있을 땐 아버지의 망령이 보이지 않았다.

다인이 걸어 준 특별한 주문이 통한 걸까. 그 뒤로 돌멩이는 진욱의 부적이 되었다. 다인은 모르겠지만, 아직도 서재 책상 서랍엔 그 돌멩이가 들어 있었다.

그리고 아마 그날부터였던 것 같다. 그저 귀엽게만 생각되었던 어린아이에게 가슴이 떨리기 시작한 것은. 해맑은 미소에 기대게 되고, 따뜻한 눈망울에 행복해지기 시작했다.

그래서 한때는 얼마나 고민했는지 모른다. 자신이 혹시 로리콤이 아닌가, 하는.

"오빠, 오빠."

자신을 부르는 다인의 목소리에 진욱은 옛 기억에서 벗어났다.

"응?"

"언제부터였냐니까? 말 안 해 줄 거야?"

다시금 대답을 재촉하는 다인을 향해 진욱은 고개를 끄덕였다.

"응, 그건 비밀. 나 혼자 간직하고 싶어서."

"치, 너무해."

토라진 척하는 다인의 어깨를 토닥이며 걷자 어느새 나란히 붙어 있는 예전 집 앞에 도착했다. 진욱이 살던 집은 모르는 사람이 이사를 왔고, 다인이 살던 집은 그녀의 삼촌이 살고 있었다.

　"들어가 볼까?"

　자신이 살던 집 대문 키를 흔들며 다인이 진욱을 향해 물었다.

　"그러다 잡혀 간다."

　"삼촌이 언제든지 와도 된댔어. 그리고 삼촌은 지금 여행 중이라 어차피 아무도 없어. 정원에만 들어가 보자."

　유다인을 누가 말리겠는가. 진욱 역시 오랜만에 추억이 깃든 상소를 보고 싶기도 해 조용히 그녀를 따라 정원 안으로 들어갔다.

　"와, 진짜 예전 그대로다."

　정원 안쪽의 커다란 평상도 여전히 그곳에 자리 잡고 있었다.

　"그런데 정말 말 안 해 줄 거야?"

　평상에 나란히 앉으며 다인이 또다시 진욱을 졸라 댔다.

　"궁금해. 말해 줘. 언제부터였어? 응?"

　지환도 그렇고 다인도 그렇고 오늘 그의 비밀을 파헤치기로 작정한 모양이었다.

"그거 대신 다른 비밀 하나는 알려 줄 수 있는데."

"다른 비밀?"

"우리 첫 키스. 언제였는지 궁금하지 않아?"

진욱의 물음에 다인이 눈을 느릿하게 깜박였다.

"우리 첫 키스는 그날 아니었어? 나 미팅한다고 난리쳤던 날."

'미팅'이라는 유쾌하지 않은 단어에 잠시 인상을 찌푸리던 진욱이 천천히 고개를 내저었다.

"공식적인 첫 키스는 그날이지만, 네가 기억하지 못하는 비공식적인 날이 있는데."

"어, 혹시? 재작년 여름에 내가 꾼 꿈?"

정확히 그날을 기억해 내는 다인의 외침에 진욱은 웃음을 삼켰다. 다분히 충동적이었던 입맞춤이었다.

자정을 넘긴 늦은 밤, 논문 준비로 학교에 남아 있다 돌아온 진욱은 다인의 집 대문이 살짝 열려 있는 걸 봤다.

늦은 시간에 대문이 열려 있는 게 불안해 혹시 무슨 일이 있나, 하고 정원으로 들어온 진욱은 평상에서 공부를 하다 졸고 있는 다인을 목격했다.

고3이라 방학 때에도 제대로 쉬지 못하고 공부에 시달리는 다인이 안쓰러워 곁으로 다가갔던 진욱은 순간 핑크빛 입술에서 시선을 뗄 수가 없었다.

아직 어린 다인에게 그러면 안 된다고 수없이 다짐해 보았지만, 옅은 숨을 내쉬고 있는 지독하게 유혹적인 핑크빛 입술 앞에서 끝내 무릎을 꿇고 말았다. 보드라운 입술에 제 입술을 가져다 대는 그 순간 잠든 줄 알았던 다인이 천천히 눈을 떴다.

여전히 잠에 취한 눈으로 생긋 웃은 다인은 살짝 입술만 댔다가 떼려는 진욱의 뒤통수를 손으로 꽉 움켜잡고 더 진한 키스를 퍼부었다.

슬며시 입술만 맞추려고 했던 진욱은 예상하지 못한 다인의 키스에 눈을 크게 떴다. 제가 먼저 입을 맞춘 이유를 어찌 말해야 할까 고민하며 몸을 일으키는데, 아쉬운 듯 입맛을 다시며 잠에 빠져든 다인의 모습이 보였다.

혹시 민망한 마음에 장난을 치는 걸까 싶어 조심스레 다인의 이름을 불러 보았지만, 그녀는 아무런 답을 하지 않았다. 이렇게 진한 키스를 퍼붓고 잠을 자다니. 황당하고 어이가 없으면서도 귀여웠다.

그리고 그날 밤, 진욱은 아주 오랫동안 잠을 이루지 못했다. 그녀가 선사한 그 키스에 심장이 두근거려서.

"그게 꿈이 아니었단 말이야?"

"아마도."

피식 웃으며 고개를 끄덕이는 진욱을 보던 다인은 주먹을 불끈 쥐었다.

"억울해. 그게 첫 키스였다니. 잘 기억도 안 나는데. 오빠 혼자만 다 기억하고……!"

억울함을 토로하는 사랑스러운 입술에 진욱이 입을 맞추었다. 놀라 동그랗게 눈을 뜨던 다인은 이내 눈꺼풀을 내리며 입술을 살짝 벌려 그의 혀를 받아들였다.

감미롭게 시작된 입맞춤은 점점 진해졌다. 혀와 혀가 엉키고, 타액과 타액이 뒤섞이는 키스에 두 사람의 몸이 뜨겁게 달아오르기 시작했다.

"집에 가자."

잔뜩 허스키해진 목소리로 진욱이 귓가에 속삭이자, 다인은 해맑게 웃으며 고개를 끄덕였다. 그 말을 기다렸다는 듯이.

"아아. 오빠, 거기."

거친 신음성과 함께 내뱉는 다인의 외침에 진욱의 손길이 부드럽게 여성의 안쪽으로 옮겨 갔다. 흠뻑 젖은 채 진욱의 손길을 반기는 그곳은 다인의 몸 중에서 가장 예민한 부분이라고 할 수 있었다.

157

감정 표현에 솔직한 성격답게 그녀는 사랑을 나눌 때도 좋고 싫음을 명확하게 표현하곤 했다. 덕분에 진욱은 이제 다인의 성감대를 전부 꿰뚫고 있었다.

"하아! 좋아."

부드럽지만 강렬한 그 손길에 다인의 몸이 살며시 요동쳤다. 격한 쾌감에 몸을 떨며 다인은 가느다란 두 팔을 들어 진욱의 목을 휘어 감았다.

그런 다인의 손길에 진욱은 뜨거운 열기가 묻어 나오는 입술로 잔뜩 성이 난 그녀의 분홍빛 유두를 한입 가득 베어 물었다. 매끈한 혀로 끊임없이 젖꼭지를 굴리며 다인에게 더욱 커다란 자극을 퍼붓는 그였다.

"아흣!"

머릿속이 새하얗게 질리도록 쾌락을 이끌어 내는 짙은 애무가 이어졌다. 혀로는 가슴을 공략하고 기다란 손가락으로는 이미 젖을 대로 젖어 버린 다인의 여성을 끊임없이 자극했다.

안으로 파고들 땐 거칠게, 밖으로 빠져나와서는 부풀어 오른 클리토리스를 찾아 손끝으로 빙그르르 돌리는 진욱의 손짓에 다인의 신음성은 점점 더 거칠어졌다. 얄미울 정도로 정확하게 성감대를 알고 있는 익숙한 그 손길엔 자비란 없었다.

"그만, 그만! 나 갈 것 같아."

점점 강해지는 자극을 못 이기고 진욱의 손길을 밀치며 다인이 날카로운 목소리로 외쳤다. 그러자 진욱의 입술에 지독하게 매력적인 미소가 번졌다.

"바라던 바야."

부드러운 로우톤의 목소리로 내뱉는 말에 다인은 거칠게 그의 어깨를 붙잡았다. 마른 몸에 어울리지 않는 넓은 어깨, 그 어깨를 힘껏 붙잡으며 다인은 진욱의 손길 아래에서 절정으로 치솟았다.

본 게임은 시작하지도 않았는데, 다인은 잔뜩 달아오른 몸을 주체하지 못하고 온몸을 비비 꼬며 울부짖음에 가까운 신음을 내뱉었다.

"하아. 오빠, 이제 그만 넣어 줘."

다인은 진욱의 손길이 안겨 주는 쾌감에 백기를 흔들며 나른한 목소리로 말했다. 그 말을 기다렸다는 듯 진욱은 욕망에 사로잡힌 검은 눈으로 그녀를 내려다보며 천천히 고개를 끄덕였다.

두 팔로 다인을 가둔 그가 흠뻑 젖어 있는 여성 안으로 잔뜩 성이 난 남성을 밀어 넣기 시작했다.

"허, 헉. 하!"

피스톤 운동이 반복될수록 진욱의 입에서도 뜨거운 신음

이 흘러나왔다. 그 신음을 듣고 있자니 다인은 몸이 더욱 달아올랐다. 이젠 익숙해질 법도 한데, 관계가 잦아질수록 몸은 점점 더 예민해져 갔다.

질 벽을 긁고 지나가는 성난 남성이 가장 예민하고 깊숙한 곳을 찔러 대는 것을 느끼며 다인은 날카로운 신음을 내질렀다. 흥분이 거세질수록 여성의 조임은 더욱 강해졌고, 덩달아 진욱의 신음 소리 또한 커져 갔다.

누가 먼저라고 할 것도 없이 절정에 도달한 두 사람은 서로를 꼭 끌어안은 채 거친 신음을 토해 냈다. 섹스가 끝났다고 해서 바로 떨어지는 법이 없었다. 땀에 젖은 서로의 머리카락을 쓰다듬으며 똑 닮은 미소를 짓는 두 사람의 모습은 그림처럼 아름다웠다.

문을 열자 보이는 풍경에 진욱은 거친 숨을 토해 냈다. 아버지가 살아 계실 때의 안방 풍경이 눈앞에 그대로 펼쳐져 있었다. 떨리는 걸음으로 들어서던 진욱의 눈에 목을 매단 아버지의 모습이 들어왔다.

왜, 또.

이렇게나 행복한데 왜 또 아버지의 죽음과 맞닿아야 할까.

깊은 절망에 휩싸인 진욱이 눈을 질끈 감았다. 그러다 무언가 결심을 한 듯 다시 눈을 떴다. 그리고 천천히 아버지를 향해 걸음을 옮겼다.

목을 매달고 있는 아버지의 모습은 숱하게 마주해 왔지만, 한 번도 그 얼굴을 자세히 본 적은 없었다. 이미 숨이 멎은 아버지를 마주한 진욱의 눈에 어느새 눈물이 차올랐다.

스스로 목을 졸라 세상을 떠난 아버지는 뭐가 그리 행복한지 웃고 계셨다. 마치 죽음이 너무나 편안하다는 듯이.

"좋으셨습니까? 이 세상을 떠나간 것이?"

사실은 어머니에게 집착하는 스스로의 모습이 끔찍해 세상을 떠난 게 아닐까, 추측하고 있었다. 악마 같던 아버지의 모습이 실제라고 믿고 싶지 않았다.

"저는……."

이를 악물며 아버지를 향해 입을 여는 진욱의 눈에선 뜨거운 눈물이 흘러내리고 있었다.

"아버지와 다릅니다. 저는 절대 아버지처럼 살지 않을 겁니다!

저는 절대……."

눈물은 어느새 흐느낌으로 변해 갔다. 옷소매로 눈물을 훔치며 어린아이처럼 왈칵 눈물을 쏟아 내고 있는데, 머리에 와 닿는 다정한 손길이 느껴졌다. 눈을 가리고 있던 팔을 떼자, 자신을 보며 다정한 미소를 짓고 있는 아버지의 모습이 보였다.

천사같이 다정하고 인자한 아버지의 모습에 진욱의 흐느낌이 거세졌다. 괜찮다, 너와 나는 다르다, 그리 말해 주는 저와 닮은 눈빛에 눈물이 멈추지 않았다.

"오빠, 오빠. 일어나 봐. 괜찮아?"

심장을 뛰게 만드는 따뜻한 목소리가 귓가에 들려왔다. 스르르 감고 있던 눈을 뜨자 걱정스러운 얼굴로 자신을 내려다보고 있는 다인의 모습이 보였다.

"또 슬픈 꿈 꿨어? 왜 이렇게 울어. 마음 아프게."

꿈에서만 운 게 아니었나 보다. 다인의 하얀 손이 다가와 아직 눈가에 남아 있는 눈물을 닦아 주었다.

"괜찮아. 네가 있으니까."

진욱의 말에 다인이 생긋 웃으며 그를 품 안에 끌어안았다. 아기처럼 품에 안긴 진욱은 입가에 따뜻한 미소를 지었

다. 저보다 훨씬 어리고 작은 여자임에도 불구하고 그녀의
품은 세상 무엇보다 크고 따뜻했다.

좋은 여자를 만났구나.

아버지의 목소리가 귓가에 울리는 듯했다. 늘 저에게만큼
은 다정했던 그 목소리를 떠올리며 다인의 품에 얼굴을 묻었
다.

8

Prof.
Chris Secrets

최근 인기 있었던 SF영화 속 장면을 예시로 들며 진행되는 강의에 학생들은 큰 관심을 보였다. 평상시 강의를 어렵게 여기던 학생들도 오늘은 적극적으로 질문을 던지고 있었다.

"교수님, 영화에선 블랙홀 내부의 정보가 덧차원을 통해 과거의 시공간으로 전달된다고 나오는데, 덧차원이 정확히 뭔가요?"

여학생의 질문에 진욱이 고개를 끄덕였다.

"좋은 질문이다. 덧차원이란 우리가 사는 공간이 3차원이 아니라 원래는 더 높은 공간일 수 있다는 이야기다. 덧차원 이론은 1920년대에 상대성이론을 확장하기 위한 방편으로 연구되었다. 지구의 중력이 왜 그렇게 약한가? 이 질문에 대한 답은 아직도 밝혀진 바가 없다. 그런데 덧차원 이론이 그 해답이 될지도 모른다는 기대를 받고 있지. 중력은 전자기력에 비해서 대략 배 정도로 작다. 지구의 모든 질량이 우리 몸을 잡아당겨도, 우리는 손쉽게 그 힘을 이기고 걸어 다닐 수 있다. 그건 중력이 약하기 때문이다. 그 이유가 뭘까? 만약에 덧차원이 있다면, 원래 중력은 약하지 않은데 일부가 덧차원으로 빠져나가기 때문에 우리가 사는 3차원에서는 약한 거다, 라는 설명이 된다. 이 영화도 덧차원을 바탕에 두고 있다. 뭐, 아직까지 덧차원에 대해서 딱히 밝혀진 건 없다. 많은 과학자들이 덧차원의 신호를 찾기 위해 노력하고 있으니 언젠가는 밝혀지지 않을까?"

진욱의 설명이 끝나자, 또 다른 학생이 질문을 꺼내 들었다.

"그럼 5차원도 실제로 존재하는 걸까요?"

"실제로 존재하는지는 알 수 없지. 하지만 초끈 이론이 발표되면서 많은 과학자들이 5차원의 세계가 있다고 주장한다. 쉽게 말하면 5차원의 세계는 우리 마음과 같은 공간이다. 누구나 마음이 존재한다는 걸 알지만, 그걸 눈으로 볼 수는 없지. 마찬가지로 5차원의 세계 또한 그렇다. 하지만 인간은 계속 진화하는 생명체이니, 언젠가 5차원의 세계에 도달하지 않을까 하는 게 내 생각이다. 그리고 이왕 초끈 이론 이야기가 나왔으니, 다음 시간엔 초끈 이론에 대한 강의를 하도록 하지."

학생들은 흥미를 보이며 고개를 끄덕였다. 그때 또 다른 학생이 입을 열었다.

"그런데 물리학을 기반에 둔 영화답지 않게 마지막은 휴머니즘으로 끝나잖아요. 이 모든 기적을 불러일으킨 존재가 바로 사랑이라는. 인간이 가장 강해질 땐 사랑하는 사람을 지킬 때라고 말하는 것 같기도 하고요. 물리학에 대해 진지하게 파고드는 것 같더니, 너무 생뚱맞은 결론 아닌가요?"

제자의 질문에 진욱이 싱긋 웃었다.

"밝혀지지 않은 5차원의 세계만큼이나 어려운 것이 바로 사람의 마음이다. 누군가를 사랑하는 마음, 그 마음이 가진 힘이 얼마나 큰 기적을 불러일으킬지는 아무도 알 수 없지. 아마도 영화에서 전달하고 싶었던 메시지는 그게 아니었나 싶다. '세상에 사랑만큼 강한 건 없다'."

"그럼 교수님! 교수님도 사랑하는 사람이 있습니까?"

한 남학생이 짓궂은 질문을 던졌다. 스승의 연애사에 관해 관심이 많은 건 애나 어른이나 마찬가지인 모양이었다. 사춘기 중학생들처럼 입에 손을 대고 하나같이 '궁금해요'를 외치는 것을 보면.

순식간에 소란스러워진 강의실 분위기에 진욱은 손을 높이 들었다. 그 손짓에 학생들은 기다렸다는 듯 일제히 입을 다물었다. 기대감이 가득 담긴 눈으로. 그중에서 가장 설레는 눈을 하고 있는 건 다름 아닌 다인이었지만.

"강의 시간에 어울리지 않는 질문을 한 대가로 다음 시간까지 오늘 강의에 대한 감상을 리포트로 써서 제출하도록."

질문을 한 남학생의 얼굴이 눈에 띄게 어두워졌다.

"뭐, 특별히 질문에 대한 답은 해 주겠다."

모든 학생들의 눈이 진욱에게 집중되었다. 특히 그를 남몰래 짝사랑하고 있는 여학생들은 더욱 집중하는 눈치였다.

"사랑하는 사람이 있다."

"어우~"

"와!"

진욱의 답에 강의실이 순식간에 소란스러워졌다. 그 틈을 타 슬그머니 얼굴을 붉히는 다인의 옆구리를 주하가 쿡 찔렀다.

"나에게 매일매일 기적을 선사하는 아주 특별한 사람이지. 그 사람이 있기에 난 기적을 믿는다. 그 사람과 함께하는 순간 자체가 나에겐 기적이니까."

진욱답지 않은 로맨틱한 발언에 여학생들은 발을 동동 굴렀고, 남학생들은 야유를 쏟아 냈다. 이 소란스러운 상황에 다인과 진욱은 슬며시 눈을 맞추며 웃었다.

"아주 사랑꾼 나셨네, 나셨어. 사람이 어떻게 저렇게 변하지?"

옆에서 주하가 뭐라고 말을 했지만 다인의 귀에는 한마디도 들어오지 않았다. 마치 이 공간에 자신과 진욱, 두 사람만 존재하는 느낌이 들었다.

덧차원의 공간이란 이런 것이 아닐까. 많은 사람들 속에서도 오직 둘만 존재하는 느낌이 드는 것.

"행복하냐? 행복해?"

또 한 번 옆구리를 쿡 찌르며 묻는 주하의 말에 다인은 해사한 미소를 지었다.

"응. 정말 행복해."

하지만 몰랐다. 행복한 순간에 불행이 찾아온다는 걸. 강의가 끝나고 두 사람의 전화가 동시에 울렸다. 왠지 모를 불길한 느낌에 두 사람은 어두운 얼굴로 전화를 받았다.

기차를 타고 진주에 도착한 다인과 진욱은 곧장 택시에 올라탔다. 희연이 입원해 있다는 대학 병원의 이름을 기사에게 말한 두 사람은 초조한 얼굴로 창밖을 내다보았다.

희연의 병에 대해서 아무것도 몰랐던 다인의 충격은 컸다. 하지만 자신이 울면 진욱의 마음이 더욱 심란할까 봐 치맛자락을 붙잡으며 눈물을 꾹 참았다.

"왔어?"

택시에서 내리자 밖에 나와 기다리고 있던 민찬이 두 사람을 향해 다가왔다.

"방금 어머니가 의식을 찾았다네. 깨자마자 최 서방 자네부터 찾고 있어. 얼른 들어가 보게."

민찬에게 고개를 숙인 진욱은 급히 병원 건물로 뛰어 올라갔다. 그가 시야에서 사라지자마자 다인은 아빠를 붙잡고 울음을 터트렸다.

"어떻게 된 거야? 얼마나 안 좋은 건데?"

울음 섞인 목소리로 묻는 다인의 어깨를 민찬이 부드럽게 토닥였다.

"너희 결혼시킬 때부터 이미 건강이 많이 안 좋았어."

"어디가 어떻게?"

"위암 말기 진단을 받았거든."

민찬의 대답에 다인의 얼굴이 충격으로 일렁였다. 그 정도까지 어머니 상태가 심각할 거라곤 꿈에도 생각하지 못했다. 알았다면 더 자주 내려왔을 텐데. 멀다는 이유로 한 달에 한 번 정도밖에 찾아뵙지 못한 게 죄송스러웠다.

"아마 마음의 준비를 해야 할게다."

"말도 안 돼. 그럼 우리 오빠 어떡해? 우리 오빠 어떻게 버텨?"

"네가 있잖아. 그래서 너희 결혼 그토록 서두른 거야."

결혼을 시키기 위해 위암이라 거짓말을 한 것이 아니라 진실이었다니.

다인은 눈앞이 깜깜해졌다. 그것도 모르고 자신은 진욱과 결혼하게 된 걸 마냥 즐거워했었다.

"너 이럴까 봐 네 시어머니가 비밀로 한 거야. 정신 바짝 차려. 네 남편 다독일 수 있는 사람은 너밖에 없으니까. 알겠지?"

얼굴을 가리고 눈물을 쏟아 내는 다인의 등을 토닥이며 민찬은 현실적인 충고를 내뱉었다. 희연에게 시간이 얼마 남지 않았다는 걸 직감하고 있었기에.

중환자실 면회 복장으로 갈아입은 진욱은 떨리는 손으로 병실 문을 열었다. 그런데 머릿속에 그리던 것과 달리, 희연은 산소 호흡기도 하지 않은 채 꼿꼿하게 앉아 있었다. 중환자답지 않게 너무나 멀쩡한 모습에 진욱은 잠시나마 마음이 놓였다.

"어머니."

"왔니? 많이 놀랐겠구나."

제 손을 붙잡고 토닥이는 희연을 진욱은 떨리는 시선으로 바라보았다.

　"괜찮으신 거죠?"

　"그럼. 머릿속이 아주 맑구나."

　"다행이에요. 정말 다행입니다, 어머니."

　시간이 얼마 남지 않았다는 걸 알면서도, 막상 죽음의 목전까지 와 닿으니 이대로 어머니를 보내고 싶지 않았다.

　"다행은 무슨. 갈 사람은 가야지. 이제 고통스러운 건 그만하고 싶기도 하고."

　"어머니."

　"진욱아."

　다정히 자신을 부르는 어머니를 진욱은 여전히 떨리는 시선으로 올려다보았다.

　"그래도 네가 다인이랑 행복하게 지내는 모습을 보고 떠날 수 있어서 다행이다."

　"왜 그런 말씀을 하세요. 이렇게 멀쩡하신데."

　알면서도 어린아이처럼 떼를 쓰고 싶어졌다. 좀 더 제 곁에 있어 달라고.

　"이 결혼, 다인이 때문에 시킨 거 아니야. 내가 떠나면 널 지탱해 줄 사람이 필요하단 생각에 욕심 좀 부렸어. 그래서 그 어린 걸 네 곁에 붙잡아 놓았지."

그건 이미 알고 있었다. 다인이 결혼을 강력하게 원하긴 했지만, 그런 이유만으로 결혼을 결정한 어른들이 아니라는 걸 그가 모를 리 없었다.

"그러니까 다인이한테 잘해 줘. 네가 뭘 불안해하는지 알아. 알면서도 여태껏 이 어미가 외면했구나."

"아닙니다, 어머니."

"네 아버지도 처음부터 그런 사람은 아니었어."

아버지가 돌아가신 이후 처음으로 희연이 먼저 그의 이야기를 꺼내고 있었다.

"무뚝뚝하긴 했지만 다정하고 따뜻한 사람이었어. 내가 네 아버지를 그렇게 만든 거지."

"어머니."

"그러니까 네가 아버지의 그런 점을 닮을까 하는 걱정은 하지 마. 넌 분명 아내를 무척이나 아끼는 남편이 될 테니까. 네 아버지가 처음에 그랬던 것처럼. 네 아버지는 정말 좋은 사람이었어. 그리고 너도 아버지의 좋은 점을 닮았지."

아버지를 향한 진욱의 트라우마를 누구보다 잘 알고 있는 사람이 바로 희연이었다. 특히 아버지 기일만 되면 발작하듯 괴로워하는 진욱을 보며 늘 같이 괴로워했었다.

"네. 이제 정말 괜찮아요. 다인이 덕분에 많이 치유됐어요."

"그래. 다행이구나. 정말 다행이야. 다인이는…… 나랑 정

175

말 다를 거야."

평온하던 희연의 얼굴이 순간 복잡해졌다.

"미안하다, 진욱아. 정말 미안해. 이 엄마를 너무 원망하지 않았으면 좋겠어."

희연은 살짝 떨리는 손으로 진욱의 손을 더욱 세차게 붙잡으며 의미를 알 수 없는 말을 내뱉었다.

"제가 왜 어머니를 원망해요? 그런 걱정 하지 마세요."

"그래, 그래."

진욱의 볼을 다정하게 매만지던 희연이 천천히 그의 얼굴에서 손을 떼며 스르르 침대에 몸을 눕혔다.

"피곤하구나. 한숨 자야겠으니 그만 나가 보렴."

발걸음이 떨어지지 않았다. 하지만 급격히 안색이 안 좋아진 어머니를 계속 붙잡고 있을 수가 없었다.

"그래요, 어머니. 좀 쉬세요. 쉬고 일어나서 다인이도 봐야죠. 다인이가 어머니 걱정 많이 해요."

"그래. 그래야지."

"주무세요."

희연에게 이불을 잘 덮어 주고 일어서던 진욱이 멈칫했다. 지금 꼭 이 말을 해야 할 것 같았다. 무뚝뚝한 아들이라 한 번도 하지 못했던 그 말을 지금은 해야 할 것 같았다. 아니면 영영 그 말을 할 기회가 없을 것 같았기에.

"어머니."

"응."

"사랑합니다."

왈칵 쏟아지는 눈물을 꾹 참으며 떨리는 목소리로 힘겹게 말을 마친 진욱은 조용히 병실을 빠져나왔다.

"고맙구나. 그 말을 듣고 갈 수 있게 해 줘서."

어머니의 마지막 말은 듣지 못한 채.

그로부터 몇 시간 후, 심장이 멈췄음을 알리는 심장박동기의 삐, 소리와 함께 희연은 죽음을 맞이했다. 마치 긴 잠에 빠진 것같이 편안한 얼굴로 마지막을 맞이한 그녀였다.

✤   ❊   ✤

장례는 조용하게 치러졌다. 하지만 다인은 그 자리에 함께할 수가 없었다. 학교에선 두 사람의 관계가 비밀이었기에 어쩔 수 없는 일이었다.

진욱을 혼자 두기 싫어 옆에 있겠다 우겼지만 그랬다간 그의 입장이 더 곤란해질지도 모른다는 민찬의 만류에 다인은 어쩔 수 없이 남해에 있는 희연의 집에 혼자 내려와 있었다.

집 안 곳곳에 남아 있는 희연의 흔적에 목이 메어 왔다. 금방이라도 희연이 따뜻한 미소를 지으며 나타나 제 손을 붙잡아 줄 것 같은 느낌이 들어 자꾸만 문 앞을 서성거렸다.

"언젠간 이 집에서 너랑 진욱이 아이들이 뛰어다니겠구나. 그 모습을 상상하면 절로 웃음이 지어져. 얼마나 예쁠까? 그 모습을 볼 수 있으면 좋을 텐데."

그 말을 하던 희연의 목소리가 왜 그렇게 쓸쓸했는지, 이 제는 알 수가 있었다.

"보실 수 있을 거예요. 제가 금방 보게 해 드릴게요. 이왕이면 아이는 많이 낳고 싶어요. 아들 둘, 딸 둘. 애들은 다 오빠 닮았으 면 좋겠어요. 어머니, 전 오빠가 너무 좋은 거 있죠. 얼굴만 보고 있어도 행복해요. 진짜예요."

들떴던 자신의 목소리가 떠올랐다. 희연이 아픈 것도 눈치 못 채고 마냥 신 나 하던 제 목소리에 마음이 무거워졌다. 고 개를 돌려 주방을 바라보자 그곳에 서서 요리를 하던 희연의 모습이 눈앞에 선했다.

"진욱이가 제일 좋아하는 요리?"
"네. 저도 배워서 가끔 해 주려고요."

"지금 끓이고 있는 된장찌개를 제일 좋아해."

"아, 정말요? 어떻게 끓이는지 알려 주세요. 제가 사실 아직 요리엔 자신이 없거든요."

이마를 긁적이며 수줍게 웃는 자신을 희연이 다정한 눈빛으로 바라보았다.

"괜찮아. 진욱이가 잘하니까. 너한텐 항상 미안하구나, 다인아."

"에이, 무슨 말씀이세요."

"한창 친구들하고 놀 나인데, 내 욕심에 결혼을 너무 서둘렀지?"

"그래서 어머니한테 얼마나 감사한지 몰라요. 아시죠? 저 어릴 적 꿈이 스무 살 되자마자 오빠한테 시집가는 거였잖아요. 꿈을 이뤄 주셔서 감사합니다!"

희연은 부드러운 손길로 다인의 어깨를 토닥여 주었다.

"고마워. 우리 진욱이가 부모 복은 없어도 아내 복은 있나 보다. 네가 있어서 얼마나 마음이 놓이는지 몰라."

늘 자신을 귀히 대해 주던 희연의 모습이 가득 차올라, 끝내 다인의 눈에서 뜨거운 눈물이 쏟아졌다. 추억을 떠올릴수록 희연의 빈자리가 너무도 시리게 느껴졌다.

✼   ❋   ✼

묵묵히 상주 자리를 지키고 있는 진욱의 곁으로 민찬이 다가왔다.

"조문객도 뜸해졌는데 잠깐 눈 좀 붙이지 그래."

진욱의 붉게 충혈된 눈이 딱하게 보여 민찬은 자꾸 마음이 쓰였다.

"괜찮습니다."

"이럴 때 다인이라도 같이 있어 주면 좋으련만. 학교에서 조문객이 찾아오니 그럴 수도 없고."

다인보다 자신이 더 걱정돼서 내린 결정이란 걸 잘 알고 있었다. 학생이 아내라는 소문이 학교에 돌아서 좋을 게 하나도 없었다.

"정말 괜찮으니 걱정 안 하셔도 됩니다."

차분한 진욱의 대답에 민찬은 조금이나마 안심한 눈치였다.

그때 막 장례식장 안으로 들어서는 김 원장의 모습에 진욱의 표정이 굳었다. 어떻게 알고 온 걸까. 아버지의 친구라 따로 연락을 드리지 않았는데, 그럼에도 찾아온 그가 조금 불편했다.

왜인지 모르겠으나 김 원장을 볼 때면 항상 그런 감정이 들었다. 아버지를 잘 아는 분이라 그런 걸까.

자신을 향해 다가온 김 원장과 마주 보며 절을 하고 몸을 일으키는데 그가 어깨를 붙잡았다.

"어머니는 편히 가셨는가?"

떨리는 목소리로 묻는 김 원장을 향해 진욱은 고개를 끄덕였다.

"……네."

"별 말씀은 없으셨고?"

무엇이 궁금한 걸까. 자신만큼이나 참혹해 보이는 김 원장의 얼굴이 진욱의 머릿속을 더욱 복잡하게 만들었다.

"네."

"그래, 그랬구먼. 알겠네. 힘내게나."

진욱을 가볍게 토닥인 김 원장이 축 처진 어깨로 뒤돌아섰다. 김 원장이 장례식장을 빠져나가는 모습을 지켜보다, 진욱은 인자한 미소를 짓고 있는 어머니의 영정 사진으로 고개를 돌렸다.

혹시 제가 모르는 무슨 사연이 있는 겁니까?

김 원장의 표정이 자꾸만 마음에 걸렸다. 왜 신경 쓰이는 지 그 이유조차 모른 채.

❉   ❉   ❉

발인까지 끝낸 진욱은 다인이 기다리고 있는 희연의 집으로 돌아왔다. 집 안으로 들어온 진욱을 말없이 끌어안은 다인은 조용히 그를 위로해 주었다. 자신이 울어 버리면 정작 진욱이 울지 못할 것 같아 눈물을 꾹 참았다.

"기다려, 오빠. 된장찌개 끓이고 있으니까 밥부터 먹어."

다인이 보글보글 끓고 있는 된장찌개 앞으로 움직이자 진욱은 어두운 얼굴로 식탁 의자에 앉았다.

"냄새 좋다. 어머니가 끓여 주던 된장찌개 냄새야."

며칠간 잠도 못 자 핼쑥한 얼굴로 중얼거리는 진욱을 다인은 안타까운 눈빛으로 바라보았다.

"어머니한테 배운 거야. 그런데 이상해. 어머니가 끓여 준 것처럼 맛있지가 않네. 된장찌개는 어머니가 끓여야 맛있는데."

"네가 끓인 것도 맛있을 거야."

"그래야 할 텐데."

불을 끈 다인이 된장찌개를 식탁 위에 놓아 주었다.

🌱

"먹어 봐."

"그래."

힘없는 손짓으로 숟가락을 든 진욱이 된장찌개를 맛보았다. 그런 그의 눈에 뜨거운 눈물이 번지기 시작했다.

"어머니가 끓여 준 된장찌개 맛하고 똑같다."

음식이 어머니에 대한 향수를 불러일으킨 듯했다. 어머니가 돌아가시고 처음으로 눈물을 쏟아 내는 그를 다인은 따뜻하게 안아 주었다.

"울어. 슬프면 울어야지. 그래야 조금이라도 마음이 달래지지. 걱정 말고 울어. 오늘까지 울고 씩씩하게 어머니 보내 드리자."

어른스러운 다인의 위로에 진욱은 참지 않고 눈물을 터트렸다. 한번 터진 눈물은 쉬이 멈추지 않았다.

한바탕 눈물을 쏟아 내고, 식사를 마친 진욱은 바다가 잘 보이는 통유리로 된 베란다 문 앞에 가서 앉았다. 따뜻한 유자차를 타 온 다인이 진욱에게 차와 편지 봉투 하나를 내밀었다.

"뭐야?"

편지 봉투를 받아 든 진욱이 궁금하다는 듯 물었다.

"어머니 방 정리하다 찾았어. 봉투에 오빠 이름이 쓰여 있어. 아마 어머니가 남기신 편지인가 봐. 오빠가 읽어야 할 것 같아서 안 뜯어 봤어."

다인의 말대로 봉투 끝자락에는 익숙한 글씨체로 '내 아들 진욱이에게'라고 적혀 있었다. 왜인지 모르게 울컥했다. 읽어 보고 싶기도 하고, 읽기 싫기도 한 복잡한 감정이 진욱을 괴롭히고 있었다.

"읽어 봐. 난 엄마한테 좀 다녀올게."

진욱을 혼자 있게 해 주는 편이 낫겠다고 판단했는지 다인은 그의 어깨를 가볍게 두드리고 밖으로 나갔다. 문이 닫히는 소리를 들으면서도 진욱은 편지 봉투를 쉬이 열지 못했다.

묵직한 한숨을 내쉬며 한참을 망설이던 진욱이 이내 떨리는 손으로 천천히 봉투를 열었다. 빼곡히 적힌 어머니의 정갈한 글씨체가 눈에 들어왔다.

진욱아.

내가 이 편지를 본다는 것은 아마도 내가 아주 위중하거나 이 세상을 떠나고 없는 거겠지. 한참을 고민했지만 늦게나마 내 죄를 너에게 고백하고 싶어 이렇게 편지를 남겨. 어디서부터 어떻게 말을 해야 할까. 영원히 묻어 두고 싶었는데, 그랬다간 네 아버지에게 더 큰 죄를 짓는 것 같아 차마 그럴 수가 없구나.

사실 진작 너에게 해 줬어야 하는 얘기였는데. 네가 아버지 때문에 힘들어하는 걸 옆에서 지켜보면서도 차마 말을 해 줄 수가 없었어. 끝까지 좋은 어머니로 남고 싶었거든. 네 아버지를 죽여 놓고 참으로 양심 없는 사람이지?

편지를 읽는 진욱의 손끝이 세차게 떨려 왔다.

어린 나이에 아버지의 그런 모습을 봐서 많이 충격이었던 거 알아. 짐승 같고, 괴물 같고, 무서웠겠지. 하지만 네 아버지는 원래 그런 사람이 아니었어. 무뚝뚝하지만 속정 깊고, 불쌍하고 아픈 사람을 보면 그냥 넘기지 못하는 천사 같은 사람이었지.

그런데 그땐 내가 정말 왜 그랬는지 모르겠다. 네 아버지를 사랑해서 결혼했으면서, 나보다 일을 더 중요시 여긴다는 생각에 그만 다른 사람에게 눈을 돌리고 말았어. 그것도 네 아버지와 가장 친한 동료에게.

조문을 왔던 김 원장의 모습이 머릿속에 떠올랐다. 왜 그

를 보면 그토록 불편한 마음이 들었는지, 이유를 이제야 알
수가 있었다.

무뚝뚝한 네 아버지와 다르게 다정한 그 사람의 모습에
내가 잠깐 정신이 나갔었어. 해서는 안 될 짓을 해 버리고 말
았지. 그런데 네 아버지에게 들키고 만 거야. 차라리 그때 네
아버지를 놓아주었다면 그런 선택을 하지 않았을까?

지금도 후회하고 있어. 네 아버지가 알았을 때 놓아주어야
했었다고. 하지만 참으로 못난 난 네 아버지가 절망하는 모
습을 보고서야 그를 향한 내 사랑을 깨달았어. 그래서 매달
리고 또 매달렸지. 한 번만 용서해 달라 애원했어.

네 아버지는 그런 날 끝내 외면하지 못하고 다시 받아들였
지만, 한번 싹튼 의심의 싹을 잘라 내진 못했어. 그게 그릇된
집착으로 나타난 거고.

아버지의 짐승 같던 모습이 진욱의 머릿속에 생생하게 떠
올랐다.

죄를 지은 나는 참을 수 있었지만, 네 아버지는 견디기 힘
들었나 봐. 냉철하고 차분한 사람이었기에 더욱 힘들었을 거
야. 그래도 그런 선택까지 할 줄은 몰랐어. 알았다면 네 아버

🌿

지 곁에 머물지 않았을 거야.

그렇게 네 아버지를 보내 놓고 이 못난 어마는 또 그릇된 선택을 하고 말았지. 네 트라우마에 대해 잘 알면서도, 차마 너에게 이런 이야기를 할 수가 없었어. 그랬다간 너마저 나를 외면할까 무서웠거든.

너에겐 좋은 어머니로, 정숙한 어머니로 남고 싶어서, 네 고통을 알면서도 아무 말을 할 수가 없었어.

감정이 복받쳐 올랐다. 이런 사연을 모른 채 미워하고 원망했던 아버지를 향한 죄송스러운 마음과 저를 보며 괴로워했을 어머니의 마음이 동시에 가슴을 짓눌러 왔다.

미안하다, 내 아들. 미안하다, 진욱아. 정말 미안하다. 미안해.

그 뒤로 빼곡하게 적힌 미안하다는 어머니의 사과 위로 진욱의 눈물이 떨어졌다. 아버지를 향한 죄스러움은 있었지만, 어머니를 향한 원망은 들지 않았다. 제 곁에 다인이 있기에 사실을 알고도 견뎌 낼 수가 있었다.

"오빠?"

친정에 갔다 돌아온 다인이 울고 있는 진욱을 향해 다가왔다. 그러고는 말없이 그를 품에 안아 다정하게 다독여 주었다.

네가 있어서 다행이다. 사랑이 이토록 아름다운 감정이라는 걸 알려 주어서 다행이다. 사랑의 끔찍한 이면보다 따뜻한 부분을 먼저 배울 수 있었기에 정말 다행이다.

서울로 돌아온 진욱은 김 원장을 찾아갔다. 이런 식으로 찾아올 것임을 예상이라도 했는지 김 원장은 놀라는 기색 없이 그를 맞이했다.

"다 알았구먼."

한숨과 함께 내뱉는 김 원장의 말에 진욱은 주먹을 꽉 쥐었다.

"무슨 마음에서 그랬는지 모르지만, 다시는 저를 찾아오지 마십시오."

"그래, 그래야지."

쓰디쓴 목소리로 중얼거리던 김 원장은 씁쓸한 눈빛으로 그를 바라보았다.

"믿을지는 모르겠지만, 난 자네 아버지를 정말 좋아했네. 그러면서도 자네 어머니에게 끌리는 마음을 막을 수가 없었어."

이런 말을 듣고 싶어서 찾아온 게 아니었다. 그저 다시는 제 앞에 나타나 잊고 싶은 기억을 들쑤시지 말아 달라는 말을 하기 위해 온 것일 뿐.

"가 보겠습니다."

"많이 사랑했네. 지금도 사랑하고 있어, 자네 어머니를. 그래서 평생 그 누구도 만나지 않으면서 죗값을 치르고 있는 중이네."

사랑이 자신에겐 구원이 되었지만, 누군가에겐 파멸을 안겨 줄 수 있다는 것을 알게 되었다.

진욱은 어머니에 대한 마음을 고백하는 김 원장을 매섭게 바라보다 냉정히 뒤돌아 나왔다. 여전히 마음속이 혼란스럽고 복잡했다. 그리고 처음으로 아버지가 보고 싶어졌다.

곧장 차를 몰아 아버지가 계신 납골당에 도착한 진욱은 무거운 걸음을 옮겨 그 앞에 섰다. 어머니는 숱하게 아버지를 찾아갔지만, 자신은 한 번도 찾아뵌 적이 없었다.

"아버지."

아버지의 사진을 보며 입을 연 진욱의 목소리 끝이 갈라졌다.

"이제야 찾아왔어요."

진욱의 검은 눈에 또다시 뜨거운 눈물이 차올랐다. 아버지를 닮을까 두려워 몸서리치던 제 자신이 떠올라 주먹을 불끈 쥐었다.

"죄송합니다. 이런 못난 아들이어서. 아무것도 모르고 그 저 원망만 해서."

울음 섞인 목소리로 중얼거리던 진욱이 눈물을 닦으며 다시 한 번 아버지의 사진을 바라보았다.

"다인이랑 행복하게 잘살겠습니다. 지켜봐 주세요."

만약 아버지와 같은 상황이 된다면, 자신 역시 그렇게 극단적으로 변하지 않을까 하는 두려움이 고개를 들긴 했다. 하지만 이내 진욱은 고개를 내저었다. 괜한 의심이 불안의 씨앗을 만든다는 걸 오랜 경험으로 잘 알고 있었기 때문이다.

이젠 지레 움츠러드는 바보 같은 일은 하지 않을 것이다. 이런 저를 믿고 사랑해 주는 다인을 위해서라도. 갑자기 다인이 너무 보고 싶어졌다.

그 바람을 그녀도 안 걸까. 때마침 울리는 핸드폰에 진욱의 얼굴이 환해졌다. 액정에 반짝이는 다인의 이름을 보자 마음을 어지럽히던 우울함이 걷혀지고 있었다.

"응, 다인아."

―어디야? 학교 끝나자마자 왔는데 집에 없네?

마음을 더 추스르고 출근하라는 학장님의 배려에 이번 주까지는 집에서 쉴 예정이었다.

"기다려. 지금 갈게."

전화를 끊고 진욱은 곧장 주차장으로 달려가 차에 올라탔다. 서둘러 가던 그는 집 근처 꽃집에서 차를 멈추었다. 그러고 보니 지금까지 늘 다인에게 받기만 했지, 생일 선물을 제외하고는 먼저 무언가를 해 준 적이 없었다.

무뚝뚝한 아버지 때문에 힘들었다는 어머니의 편지를 떠올리며 차에서 내려 꽃집 안으로 들어갔다.

감정은 표현하지 않으면 전달되지 않는다. 다인을 닮은 화사한 장미 꽃다발을 품에 안은 진욱은 다시 집을 향해 차를 몰았다.

늘 번호를 누르고 집에 들어가는 그답지 않게 초인종을 눌렀다. 딩동, 경쾌한 소리가 울려 퍼지고 잠시 후 따뜻한 다인의 목소리가 들려왔다.

"누구세요?"

"나야."

"뭐야? 왜 갑자기 벨을……!"

반가운 얼굴로 문을 열던 다인은 눈앞에 보이는 장미 꽃다발에 환하게 웃으며 진욱을 올려다보았다.

"오빠?"

"네 생각나서 사 왔어."

다인은 감격한 얼굴로 꽃다발을 받아 들었다.

"처음이다. 오빠가 꽃다발 사 준 거. 이거 평생 안 버려야지. 아예 박제를 해 둘까?"

행복한 목소리로 쫑알거리는 다인을 진욱은 애정이 듬뿍 담긴 눈으로 바라보았다.

"앞으로 자주 사 올게."

"정말?"

"응. 그동안 내가 너무 표현을 안 하고 산 것 같아서."

"알긴 아네. 그런데 갑자기 달라지니까 이상하다. 꼭 우리 오빠 아닌 것 같아."

다인이 진욱의 팔짱을 끼며 머리를 그의 어깨에 기댔다.

"그래서 싫어?"

"싫기는. 너무 좋아서 정신을 못 차리겠는걸."

감정 표현에 늘 솔직한 다인이 무척이나 사랑스러웠다. 그녀가 유난히 반짝이고 사랑스러워 보이는 이유를 이제야 알 수가 있었다.

"근데 정작 가장 중요한 말을 못 들은 거 알아?"

다인이 동그랗게 뜬 눈으로 진욱을 올려다보며 말했다.

"뭔데?"

"사랑한다는 말. 나 한 번도 못 들었는데."

다인에게 손을 뻗은 진욱은 다정하게 그녀의 머리를 쓰다듬었다.

"그 말보다 더 좋은 말이 생각났는데."

"뭔데?"

다인의 눈이 더욱 동그래졌다. 진욱은 두 손을 뻗어 그녀의 어깨를 부드럽게 붙잡았다.

"널 믿어."

"뭐야, 그게? 당연한 거잖아."

웃으면서 슬며시 눈을 흘기는 다인을 진욱이 따뜻하게 바라보았다.

"그게 사랑한다는 말보다 더 중요한 것 같아서. 평생 널 믿고 아낄게."

"왠지 모르게 더 감동적인 것 같긴 하다. 사랑한다는 말보다."

해사하게 웃는 다인의 모습이 아름다웠다. 그런 부부가 되고 싶었다. 굳은 믿음으로 하나가 되는.

시작은 사랑이지만, 그 끝은 믿음이 아닐까 싶다. 서로를 믿고, 기대고, 함께 걸어 나가며 서로 닮아 가는 미래를 상상해 보았다. 그 상상은 참으로 따뜻하고 아름다웠다.

에필로그 1

Prof.
Choi's Secrets

그로부터 1년의 시간이 지났다.

블루 레몬 에이드를 빨대로 휘휘 저으며 주하는 다인을 바라보았다.

"정말 너무하지 않니? 이젠 나한테 집착도 안 하나 봐."

흥분한 다인의 목소리에 주하는 나지막한 한숨을 내쉬었다.

"그게 아닐 거야."

"아니긴 뭐가 아니야. 내가 MT 가겠다고 한 적도 없는데 잘 다녀오라니! 우리 오빠 나한테 마음이 식은 걸까? 아니, 그러지 않고서야 어떻게 아내를 MT에 보낼 생각을 해? 그렇게 남자들이 득실거리는 곳에?"

그럴 거면 그냥 안 간다고 하지 그랬니. 그랬으면 차라리 나도 편했을 텐데. 차마 그 말은 하지 못한 채 주하는 애꿎은 빨대만 괴롭혔다.

"너 매번 MT 못 가게 한 게 미안했나 보지. 뭐, 거의 다 네가 교수님이랑 떨어져 있기 싫어서 안 간다고 한 거지만."

"그러니까. 안 간다는 사람을 도대체 왜 보내는 걸까?"

"MT가 원래 대학 시절의 추억이잖아. 네 추억까지 뺏어버리는 게 싫었을 거야."

이건 100% 진욱의 의견이었다. 하지만 주하는 그 사실을 차마 다인에게 말할 수 없었다. 바로 어제 은밀하게 오갔던 진욱과의 대화를 떠올리며 주하는 나지막하게 한숨을 내쉬었다.

"다인이 추억까지 뺏고 싶진 않아."

주하를 조용히 교수실로 불러낸 진욱이 진지한 얼굴로 입을 열었다.

"그래서 네 도움이 필요해."

진욱의 입에서 흘러나온 말이라고 믿기지 않는 '도움'이란 단어에 주하가 눈을 동그랗게 떴다.

"무슨 도움이요?"
"보호자 겸 감시자라고 해야 할까?"

입가에 살짝 번지는 미소가 어딘지 모르게 날카로웠다. 한마디로 다인을 MT에 보내기 무지 불안하다는 말 같은데, 이러면서까지 굳이 보내려는 이유가 뭔지 알 수 없었다.

"어차피 다인이도 안 가려고 할 텐데 그냥 보내지 마요."

괜히 귀찮은 일에 휩쓸리는 느낌이 든 주하는 진욱의 부탁을 단칼에 잘라 냈다.

"이제 내년이면 졸업인데 그전에 MT 한 번은 가야 하지 않겠어?"

생긋 웃는 얼굴이 살벌하게 느껴졌다.

"차라리 여대면 마음이 편하겠구만."

분명 혼잣말인데 귀에 어찌나 쏙쏙 박히는지. 여대였으면 아마 다인의 속이 엄청 탔을 거다. 지금도 진욱의 인기가 많은 걸 얼마나 신경 쓰는데.

"알잖아. 내가 이런 부탁할 사람, 너밖에 없는 거."

이 부탁은 별로 받아들이고 싶지 않았다. 아주 귀찮아질 것 같은 느낌이 뇌리를 강하게 강타했기에.

"전 이번 MT 안 가려고요."

씩 웃는 얼굴로 거절의 의사를 내비쳤음에도 진욱의 표정엔 별다른 변화가 없었다.

"김준혁."

진욱의 입에서 흘러나오는 이름에 웃고 있던 주하의 얼굴이 굳어졌다.

"네?"

"김 조교한테 아주 관심이 많은 것 같은데."

이 독사 같은 인간. 눈치도 빠르다. 하긴 준혁의 얼굴을 보기 위해 이런 이유, 저런 이유를 갖다 붙여 너무 자주 교수실을 들락거리긴 했다. 공대생도 아니면서.

"그래서요?"
"내가 같이 식사하는 자리 정도는 마련해 줄 수 있는데."

다인이 봤다면 눈에서 하트가 마구 튀어나왔을 정도로 진욱의 입가에 번진 미소는 매력적이었다. 승리를 확신하는 여유로운 미소라고 해야 할까.

"제가 뭘 하면 되죠?"

수첩까지 꺼내 든 주하는 진욱의 말을 열정적으로 경청했다. 자신의 사랑을 이루기 위해선 별다른 수가 없었다.

"다인이한테 접근하는 녀석들이 있는지 잘 감시해 줘. 혹시 있다면 나한테 즉각 보고할 것. 그리고 다인이 술 약한 거 알지? 적당히 마시게 하고. 수시로 나에게 다인이 상태에 대해 알려 줘.

쉽지?'

쯧, 이렇게 불안해할 거면 그냥 보내지 말든가. 하지만 어쩌겠는가. 제 아내에겐 쿨한 남편이 되고 싶다는데.

"다인이한텐 절대 비밀이야. 안 그랬다간……."

뒷말은 듣지 않아도 짐작이 갔다. 준혁과의 식사 자리는 없었던 일이 되겠지. 제 발로 찾아온 일생일대의 기회를 놓칠수는 없었다.

"저만 믿으세요."

이 순간만큼은 사랑보다 우정이었다. 다인아, 네가 이해해주렴. 넌 이미 행복하잖아.

"이주하."
진욱과 있었던 은밀한 거래를 떠올리던 주하는 자신을 부르는 다인의 목소리에 서둘러 혼자만의 세계에서 벗어났다.
"으, 응?"
조금은 어리바리한 모습으로.

"난 날 믿어 주는 오빠보다 불안해하고, 질투해 주고, 집착해 주는 오빠가 더 좋은데. 그게 왠지 더 애정이 팍팍 느껴진단 말이야."

걱정 마. 이미 충분히 질투하고, 집착하고, 불안해하고 있으니까. 차마 진실을 말하지 못한 채 주하는 조용히 그녀의 어깨를 두드렸다.

"이왕 가는 거 신 나게 즐기고 와. 네 오빠 질투 나게."

단순한 유다인 아니랄까 봐, 금세 눈을 반짝이는 모습에 주하는 그만 웃어 버리고 말았다.

"그럴까? 재밌게 노는 사진도 막 찍어 보내고."

"그래. 그럼 아마 다시는 안 보낼 거야."

그전에 강촌으로 쳐들어올지도 모르고.

입이 간질거렸지만 준혁과의 식사를 떠올리며 주하는 입을 꾹 다물었다. 부디 이 MT가 조용히 마무리되길 바라면서.

✤   ❋   ✤

다인을 설득해 MT에 보낸 진욱은 간만에 지환을 불러냈다. 불퉁한 목소리로 전화를 받았음에도 불구하고 지환은 바에 나타났다.

"웬일이냐? 새파랗게 어린 부인이랑 논다고 난 상대도 안

해 주던 녀석이?"

불만 가득한 목소리로 묻는 지환을 향해 진욱은 술잔을 내밀었다.

"그냥 간만에 너랑 술 한잔하고 싶어서."

"왜? 다인이 집에 없냐? 어디 MT라도 갔어?"

예리한 물음에 진욱은 이마를 긁적였다.

"어떻게 알았냐?"

"그럴 줄 알았다. 그러지 않고서야 네가 날 불러낼 리 없지."

투덜거리며 진욱과 마주 보고 앉은 지환은 진욱이 내미는 술잔을 신경질적인 손길로 받아 들었다.

"그런데 웬일로 MT를 다 보냈냐? 너 안 불안해? 다인이 인기 엄청 많다며?"

하여튼 속 긁는 데는 일인자다. 혼자 있다가 괜히 온갖 상상에 불안해질까 술이나 마시자고 불렀더니 아니나 다를까, 더 불안하게 만들고 있었다.

"안 불안해. 나 다인이 믿어."

다만 거기 있는 사내놈들을 못 믿을 뿐이지.

뒷말은 생략한 채 술잔에 독한 위스키를 따라 단숨에 삼켰다. 그 모습을 본 지환이 혀끝을 낮게 쯧쯧 찼다.

"아주 불안해 죽고 있구먼. 안 그런 척하기는."

"아니래도."

연거푸 술을 마시며 진욱은 매서운 눈길로 그를 노려보았다.

"알았다, 알았어. 아니라고 믿어 주마."

그제야 첫 잔을 비운 지환이 손가락으로 테이블을 톡톡 두드렸다.

"내가 심심한 너랑 놀아 주는 거니까 계산은 네가 해라."

"그럴 생각이었어."

"그럼 맘 편하게 비싼 술 좀 마셔 볼까?"

씩 웃는 녀석의 얼굴이 얄미웠다. 친구라고 하나 있는 게 영 도움이 되질 않았다. 한숨을 푹 내쉬고 있는데 지잉, 하며 핸드폰이 울어 댔다. 재빨리 손을 뻗어 핸드폰을 확인한 진욱은 부드러운 미소를 지었다.

〈재미없어 보임. 하루 종일 이런 표정임.〉

간략한 주하의 보고 메시지와 함께 시무룩한 다인의 사진이 함께 도착했다.

이렇게 재미없어할 줄 알았으면 괜히 보냈나? 지금이라도 데리러 갈까? 다인도 자신과 마찬가지구나, 하는 생각에 실실 웃음이 새어 나왔다.

"잔뜩 풀 죽은 아내 얼굴 보고 즐거워하는 거냐?"

몸을 반쯤 일으켜 메시지를 훔쳐본 지환이 또다시 정곡을 찔러 왔다.

"누, 누가 그렇대?"

"그럴 거면 왜 보냈어?"

보내 놓고 후회만 천 번 중이다. 대학 시절 MT를 한번 즐겨 보라는 배려 차원에서 보낸 거긴 한데 왜 이리 신경이 쓰이는지 모르겠다.

"가서 데려오든가."

"그럴까?"

진지하게 되묻는 진욱을 보며 지환은 천천히 고개를 내저었다.

미친놈이라는 한마디를 던지면서.

진욱이 질투할 만큼 신 나게 놀 거라던 다인은 하루 종일 기운이 없었다. 역시 유다인이 가장 신이 날 때는 진욱의 옆에 있을 때인가 보다. 어떻게 저놈의 애정은 날이 갈수록 점점 더 강해만 지는 건지.

기껏 MT까지 와서 시무룩해하는 다인이나, 자신에게 일일이 보고하게 만든 진욱이나 정말 잘 어울리는 한 쌍이었다.

"재미없어?"

주하의 물음에 다인은 여전히 시무룩한 얼굴로 고개를 끄덕였다.

"지금이라도 서울 갈까? 우리 오빠 꼭 끌어안고 자고 싶다."

"미쳤어? 어차피 온 거 즐겁게 놀아. 술도 좀 마시고."

주하가 한쪽에 쌓여 있는 맥주 캔 중 하나를 집어 들어 다인의 손에 들려 주었다. 그때 다인의 곁으로 한 무리의 남학생들이 접근했다.

"그냥 마시기 심심한데 게임이나 할까?"

"그래, 그거 좋다. 아주 재미있겠다!"

드디어 놀기로 마음먹었는지, 평상시와 다르게 적극적으로 나서는 다인을 보며 주하는 한숨을 내쉬었다.

"다인이 술 약한 거 알지?"

서늘한 미소를 짓던 진욱의 얼굴이 떠올랐다. 다인의 술 취한 모습을 보기 위해 득달같이 달려드는 남학생들을 쭉 훑어보며 주하는 전의를 불태웠다. 솔직히 주량만큼은 그 누구에게도 뒤지지 않았다.

준혁 선배 기다려요. 우리의 만남이 멀지 않았어요.

마음을 정화시켜 주는 부드러운 준혁의 미소를 떠올리며 주하는 주먹을 불끈 쥐었다.

"29."

숫자를 중얼거린 남학생이 긴장된 얼굴로 주하를 바라봤다. 이 녀석들이 바라는 답이 무엇인지 주하는 잘 알고 있었다. 목표는 자신이 아니라, 제 옆에 앉은 다인이라는 것을.

"30, 31."

하지만 주하는 씩 웃는 얼굴로 그들의 계획을 철저하게 망가뜨렸다.

"뭐야, 이주하."

"네가 거기서 왜 31을 불러?"

남학생들의 항의에 주하는 생긋 웃었다.

"술 마시고 싶어서. 캬, 오늘 술이 아주 꿀맛이네. 또 할까?"

적절한 비율로 섞인 소맥을 깔끔하게 원샷한 주하가 잔을 흔들며 물었다. 그녀의 얼굴에는 무슨 공격이든 다 막아 주겠다는 비장함이 담겨 있었다.

〈술자리 Clear!〉

주하의 보고 메시지에 진욱은 흐뭇한 미소를 지었다. 역시 이주하의 능력만큼은 인정할 수밖에 없었다.

"누가 이렇게 꼬박꼬박 MT 상황을 보고하는 거냐? 스파이라도 심은 거야?"

"뭐, 비슷해."

"독한 놈. 네가 백조냐? 다인이 앞에선 쿨한 척, 우아한 척해 놓고 뒤에선 아주 물장구치느라 정신이 없구먼."

부정하지 못하고 씁쓸한 얼굴로 술을 마시던 진욱은 때마침 도착한 메시지에 그대로 굳었다.

〈위기 상황 발생! 우리 과 최고 킹카가 다인이에게 고백할 듯.〉

메시지와 함께 조각같이 잘생긴 남자의 사진이 도착했다.

"휘유, 연예인이야? 뭐 이렇게 잘생겼대."

불난 집에 기름을 붓는 지환의 발언을 들으며 지환은 술잔에 위스키를 가득 따랐다. 남자의 사진을 안주 삼아 연거푸 술을 마시는 진욱의 잔을 지환이 뺏어 들었다.

"적당히 마셔라. 이미 주량 넘은 거 같은데."

"괜찮아."

다시 술잔을 뺏어 드는 진욱을 보며 지환이 고개를 내저었다.

"별일이야 있겠어? 뭐, 다인이도 흔들릴 만큼 이 남자 외모가 훌륭하긴 하지만."

위로를 하는 건지, 놀리는 건지 알 수가 없는 지환의 발언에 진욱은 또다시 굳었다.

"그러게 MT는 왜 보냈냐?"

진욱의 반응이 재미있다는 듯 지환은 낄낄 웃음을 터트렸다. 진욱은 애써 지환을 무시한 채 술로부터 위안을 찾았다. 오늘 이 자리에 저 녀석을 부른 걸 죽도록 후회하면서. 물론 그것보다 더 후회하는 건…….

"보내지 말걸."

무의식중에 흘러나오는 본심에 놀란 진욱이 신경질적인 손길로 머리를 쓸어 넘겼다. 주량을 훌쩍 넘은 술기운이 온몸에 퍼져 머리가 어질어질했다.

"이제야 본심이 나오네. 차라리 강촌 주변에 가서 마시지 그랬어? 술 마시다 바로 달려갈 수 있게……!"

웃으면서 농담을 내뱉던 지환이 갑자기 몸을 벌떡 일으키는 진욱을 놀란 눈으로 바라보았다.

"야, 어디 가?"

곧장 카운터로 가 계산을 마친 진욱이 비틀거리는 걸음으로 바를 빠져나갔다.

"저거 완전 취했네."

한숨을 푹 내쉰 지환은 재빨리 몸을 일으켜 진욱을 뒤따랐다. 술 취한 녀석이 어찌나 빠른지, 금세 눈앞에서 사라진 진욱을 찾아 두리번거리던 지환은 막 택시에 올라타는 그를 발견하고 다가갔다.

"강촌까지 부탁합니다."

"강변이요?"

진욱의 말을 이해 못 한 택시 기사가 고개를 갸우뚱거리며 되물었다.

"아니요. 강원도 강촌이요."

"네? 허허. 손님, 많이 취하셨나 보네요."

"가 주세요. 부탁……."

열린 창문 사이로 두 사람의 대화를 듣던 지환이 재빨리 택시 문을 열었다.

"아, 이 미친놈. 죄송합니다. 데리고 내릴게요."

서둘러 진욱을 택시에서 끌어내린 지환이 한숨을 내쉬었다. 애초에 이 술자리에 나오는 게 아니었다.

"놔. 나 강촌 가야 해."

여전히 술에 취해 정신을 못 차리는 진욱의 팔을 붙잡아 질질 끌었다. 힘겹게 대리를 부른 지환은 진욱을 억지로 제 차에 꾸겨 넣었다.

"강촌 갈 거야."

"그래. 알았으니까 얌전히 있어라."

눈을 반쯤 감고 있는 진욱을 보며 지환은 피식 웃음을 터트렸다.

"너 나한테 감사해라. 자면서 하이킥 백 번 찰 일, 내가 막아 줬으니."

제가 만류하지 않았다면 분명 강촌까지 갔을 녀석이었다. 이 질투의 화신 같으니라고.

아침에 눈을 뜬 진욱은 제 옆에서 자고 있는 지환의 모습에 안도의 한숨을 내쉬었다. 술을 너무 과하게 마신 것 같았다. 어제 강촌에 가겠다고 난리를 쳤던 제 모습이 희미하게 떠오르자 진욱은 재빨리 고개를 내저었다.

"고맙다."

지환을 향해 나지막하게 말하고는 손에 꼭 쥐고 있던 핸드폰을 확인했다.

〈상황 종료. 다인이 깔끔하게 거절함. 계속 교수님 보고 싶다고 징징거리고 있음.〉

주하로부터 도착한 메시지에 진욱은 입가에 부드러운 미소를 지었다. 시계를 보니, 이제 곧 다인이 도착할 시간이었다.

"다음에 비싼 밥 한번 사마."

지환의 어깨를 툭 친 진욱은 간단하게 씻고 그의 집에서 빠져나왔다. 택시를 타고 집에 도착한 진욱은 곧장 욕실로 들어가 샤워부터 했다.

혹시나 몸에 남아 있을지 모르는 술 냄새를 없애야 했다. 상큼한 모습으로 욕실을 나온 진욱은 주방으로 걸음을 옮겼다.

곧 다인을 만난다는 생각에 절로 콧노래가 흥얼거려졌다. 냉장고에 있는 재료를 꺼내, 다인이 좋아하는 카레를 만들며 진욱은 슬쩍 문 쪽을 바라보았다. 문밖에서 인기척이 난다 싶더니, 그와 동시에 현관문이 열리고 다인이 달려 들어왔다.

"오빠, 보고 싶었어."

제 품에 꼭 안기는 다인을 진욱은 다정한 손길로 토닥였다.

"오빠 없는 밤이 얼마나 길었는지 몰라. 나 다시는 MT 안 갈래. 재미 하나도 없어."

사랑스러운 다인의 쫑알거림에 진욱의 입가엔 미소가 번졌다.

　"그러니까 다시 나한테 집착해 줘. 난 나한테 집착하는 오빠가 좋다니까? 응?"

　"그래. 나도 다시는 안 보내."

　다인이 없는 밤이 길었던 건 진욱 역시 마찬가지였다. 진욱은 다인의 보드라운 두 뺨을 손으로 감싸고 그녀의 핑크빛 입술에 슬며시 입을 맞추었다. 그녀를 보고 싶었던 간절한 마음을 담아서.

에필로그 2

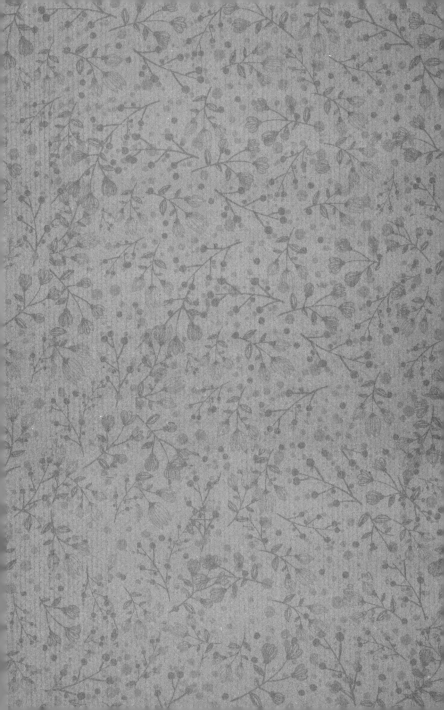

Prof. Choi's Secrets

교수님이 건네준 추천서를 심각한 얼굴로 보고 있는 다인의 곁으로 주하가 다가왔다. 요즘 진욱의 조교인 준혁과 연애를 하느라 예전보다 훨씬 더 여성스러워진 그녀였다.

"아직 교수님한텐 말 못 했지?"

주하의 물음에 다인이 씁쓸한 얼굴로 고개를 내저었다.

"말하고 말고 할 게 뭐 있어. 어차피 안 갈 건데."

"너 예전부터 미국으로 유학 가고 싶어 했잖아."

진욱이 미국에서 유학 생활을 했기에 자신도 막연히 가 보고 싶다는 생각을 했었다. 그러다 보니 영어 공부에 더욱 매진하게 되었고 그게 영문과에 입학하는 계기가 되었다.

어학연수로 몇 번 다른 나라를 가 보긴 했지만 아직 미국에 가 본 적은 없었다. 그래서 더 동경하는 마음이 있는 것도 사실이었다.

"그래도 오빠랑 1년 가까이 떨어져 지내야 하는데, 어떻게 그래."

"그렇게 긴 시간 아니야. 너 교수님 유학 갔을 땐 3년 가까이 얼굴 못 보고 지냈잖아."

그 시간을 빠르게 흘려보내기 위해 선택한 것이 바로 공부였다. 진욱 덕분에 다인은 항상 TOP을 유지할 수 있었다.

"그땐 그때고. 지금은 절대 못 해."

"그럼에도 불구하고 미련은 남고?"

추천서를 손에 꽉 쥐고 있는 다인을 향해 주하가 나지막하게 물었다.

"아니야, 미련은 무슨."

그렇게 말하면서도 다인은 추천서를 가방에 챙겨 넣고 있었다.

"오빠한텐 이거 절대 비밀이야."

진욱이 안다면 분명 억지로라도 자신을 보내려고 할 것이었다. 다인은 한숨을 푹 내쉬며 고개를 내저었다. 미국에 가보고 싶긴 하지만 지금 자신이 가장 있고 싶은 곳은 바로 진욱의 옆이었다.

　　　　✢　　　　✳　　　　✢

　진욱이 교수실을 비운 틈을 타 주하는 준혁과 가벼운 티
타임을 가지고 있었다. 주하와의 연애로 자연스레 다인과 진
욱의 관계를 알게 된 준혁이었지만 워낙 입이 무거워 두 사
람 사이는 여전히 발설되지 않고 있었다.

　"다인이 보면 괜히 짠해요. 미국에 엄청 가고 싶어 하던 눈
치였는데."

　주하의 말에 준혁이 느릿하게 고개를 끄덕였다.

　"그렇겠지. 이런 기회는 쉽게 오는 게 아니니까."

　"차라리 말이라도 해 보면 좋을 텐데. 교수님과 얘기해 보
라고 해도 절대 안 한대요."

　"뭘?"

　고개를 푹 숙이며 말하고 있던 주하는 뒤에서 들리는 익숙
한 목소리에 화들짝 놀랐다. 앞을 보니 준혁이 고개를 숙인
채 이마를 긁적이고 있었다.

　"하하, 교수님."

　어색한 얼굴로 뒤를 돌아본 주하가 슬그머니 소파에서 몸
을 일으켰다.

　"잠시 들렀어요. 실례가 많았습니다. 이만 가……!"

마음은 벌써 교수실을 빠져나가고 있건만, 어깨는 진욱의 손에 붙잡히고 말았다.

"말은 마저 하고 가야 하지 않을까?"

진욱의 입가에 서늘한 미소가 번졌다. 하여튼 이놈의 입이 방정이었다. 다시 앉으라는 그의 손짓에 주하는 어쩔 수 없이 소파에 엉덩이를 붙였다.

"말해 봐. 언뜻 듣기론 미국 어쩌고 하던데."

"교, 교수님. 그러니까 그게요…….."

주하는 눈을 질끈 감고, 있었던 일들을 모두 얘기했다. 다인이 미국에 교환학생으로 가면 어떻겠냐는 교수님의 추천을 받았다는 이야기를 털어놓은 뒤 한숨을 푹 내쉬었다. 모두 말하고 나니 속은 편했다. 진욱도 알아야 하는 일임에는 분명하니까.

"다인인 어쩌고 있어?"

진욱이 생각보다 차분한 목소리로 되물었다.

"뭐, 애써 아무렇지 않은 척하지만…….."

워낙 표정에 모든 게 드러나는 다인이다 보니, 미국에 가고 싶어 하는 그녀의 마음을 눈치챌 수 있었다.

"알려 줘서 고맙다. 가 봐."

"네, 교수님. 그럼 수고하세요."

"김 조교, 같이 나가서 데이트라도 해. 난 생각할 게 좀 있어서.”

“네.”

얼떨결에 진욱으로부터 데이트를 허락받은 두 사람은 영 개운치 않은 얼굴로 교수실을 빠져나왔다.

“괜찮겠죠?”

“걱정하지 마. 이제부터 두 사람의 일이니까.”

준혁이 다정한 손길로 주하의 머리를 쓰다듬어 주었다.

✣   ✣   ✣

‘샌프란시스코’ 를 검색하고 있던 다인은 현관문이 열리는 소리에 재빨리 노트북을 덮었다.

“오빠야?”

환한 목소리로 현관을 향해 달려간 다인은 집 안으로 들어오는 진욱의 품에 폭 안겼다.

“일찍 왔네. 요즘 맨날 늦더니.”

“요즘 혼자 저녁 먹게 한 것 같아서. 기다려. 내가 맛있는 저녁 해 줄게.”

“응, 좋아.”

식사 준비는 매번 번갈아 가며 하고 있지만 사실 진욱의 솜씨가 더 좋았다.

다인은 식탁 의자에 앉아 진욱이 요리하는 모습을 따뜻한 눈으로 바라보았다. 역시 요리하는 진욱의 모습은 멋있었다. 방금 검색해 본 샌프란시스코의 풍경과는 비교가 되지 않을 정도로.

금세 오므라이스를 만든 진욱이 다인 앞에 접시를 내밀었다.

"먹어 봐."

"와, 맛있겠다. 잘 먹을게, 오빠."

그래, 역시 이런 일상을 포기할 수는 없었다. 제 삶은 늘 진욱을 중심으로 돌아갔다. 그가 없는 삶은 상상하고 싶지 않았다.

"이제 곧 졸업이네."

"응, 시간 빠르다. 그렇지?"

다인의 물음에 진욱은 느릿하게 고개를 끄덕였다.

"졸업 후에 하고 싶은 건 정했어?"

다인은 생긋 웃음을 지었다.

"응, 오빠 옆에 있는 거. 이제 아이도 가져야지. 오빠가 졸업할 때까진 절대 안 된다고 해서 나 참고 기다렸잖아."

"그런 거 말고. 네가 진짜 하고 싶은 거 없어?"

다인이 커다란 눈을 느릿하게 깜박였다. 어딘가 모르게 날이 선 그의 눈이 어색하게 느껴졌다.

"그게 내가 제일 하고 싶은 건데."

"……교환학생 이야기 끝까지 숨길 생각이야?"

무거운 한숨과 함께 흘러나오는 진욱의 물음에 다인의 커다란 눈이 더욱 커졌다.

"오빠, 그거 어떻게 알았어?"

"이 정도까지 바보일 줄은 몰랐네."

진욱이 커다란 손을 뻗어 다인의 앞머리를 부드럽게 헝클였다.

"가고 싶지?"

"아니야. 안 가고 싶어."

"거짓말하지 마. 넌 다 티가 나."

"거짓말 아니야. 나 진짜 오빠 옆에 있고 싶어."

진욱이 몸을 일으켜 다인의 곁으로 다가갔다. 그러고는 제 품에 다인을 부드럽게 끌어안았다.

"나랑 함께 있고 싶다는 꿈은 이미 이루어졌잖아. 우린 부부고, 부부는 평생을 함께할 텐데. 이제 그거 말고 다른 꿈을 꿔도 돼."

"오빠, 하지만……."

"너 스스로를 위한 꿈을 꿔. 나를 위한 꿈 말고. 좋은 기회야. 놓치면 아깝잖아."

"난 괜찮아. 나는……."

"하루만 더 생각하고 답해."

다인의 어깨를 토닥인 진욱이 서재로 들어갔다. 그리고 잠시 후, 검은 다이어리 하나를 들고 나와 다인에게 내밀었다.

"내 경험과 네 경험이 일치하지는 않겠지만 그래도 참고는 될 거야. 내가 미국에 유학 가 있는 동안 쓴 일기야. 일상 사진도 있고."

진욱이 내민 다이어리를 떨리는 손으로 받아 든 다인은 한참 동안 시선을 떼지 못했다.

❀   ❀   ❀

진욱의 다이어리엔 보스턴에서의 일상이 적혀 있었다. 강의 내용이 주를 이루었지만 자주 가던 서점이나 카페에 관한 메모도 종종 발견되었다.

사진과 함께 적어 놓은 일기들은 꽤 흥미로웠다. 자신이 모르던 그의 유학 생활에 대해 잘 알 수 있는 기회가 되기도 했다.

다인은 자신도 모르게 제 유학 생활을 머릿속으로 그려 보고 있었다. 억지로 억눌러 놓았던 미국 유학에 대한 열망이 또다시 타올랐다.

"도대체 나보고 어쩌라고……."

다이어리를 가슴에 품은 다인이 씁쓸한 목소리로 중얼거렸다.

"다인아."

그때 문밖에서 자신을 부르는 진욱의 목소리가 들려왔다.

"문 열지 말고 들어."

다인은 문을 열지 말라는 그의 말에 조용히 문에 기대앉았다.

"내 얼굴 보면 네가 괜히 마음 약해질 것 같아서."

문틈을 통해 들려오는 진욱의 목소리가 다정했다.

"결론부터 말하자면 난 네가 유학 갔으면 싶어. 그래서 내 옆에 있는 것 말고, 네가 진짜 하고 싶은 꿈을 찾았으면 좋겠어."

"오빠."

"나도 너 보내는 거 쉽지 않아. 그래도 널 보내는 게 맞다고 생각해."

1박 2일 MT조차 힘들었다. 그런데 유학을 가면 잘 버틸 수 있을까? 그가 없는 1년이란 긴 시간을 꿋꿋하게 버티어 낼 수 있을까?

"정말 가도 돼?"

"응. 네가 살아가는 데 있어서 정말 좋은 경험이 될 거야."

자신을 걱정하고 배려하는 다정한 진욱의 응원에 이상하

게 눈물이 나오려고 했다.

"고마워, 오빠."

나지막하게 속삭이듯 내뱉는 다인의 말에 진욱이 고개를 푹 숙였다. 문을 열고 들어가지 않은 건, 그녀를 보내기 싫은 제 마음을 들키지 않기 위해서였다. 얼굴을 보며 말을 했다가는 끝내 다인의 발목을 붙잡을 것 같았기에.

❋   ❋   ❋

날씨가 아주 끝내주게 화창했다. 다인은 비장한 얼굴로 자전거를 몰고 나갔다. 오늘은 샌프란시스코의 명물 금문교까지 자전거로 가 볼 생각이었다.

진욱의 다이어리에서 자전거로 보스턴 곳곳을 여행 다닌 기록을 본 적이 있었다. 적혀 있던 내용이며 사진들이 아주 인상적이었기에 꼭 도전해 보리라 마음먹었다. 이날을 위해 자전거 타는 연습을 얼마나 많이 했는지 모른다.

이곳에서 제 발이 되어 주는 고마운 자전거를 쓰다듬으며 다인은 힘차게 페달을 밟았다. 바람의 도시답게 상쾌한 바람이 보드라운 뺨을 스쳐 지나갔다.

벌써 이곳에 온 지도 6개월이 넘었다. 처음 유학을 결정하고 얼마나 울었는지 모른다. 어릴 때부터 늘 붙어 다니던 단짝 주하와 얼굴만 마주치면 함께 훌쩍거렸다.

그래도 차마 진욱의 앞에선 울 수 없었다. 그랬다간 간신히 다잡은 맘이 약해질 것 같아 힘겹게 눈물을 참았다. 물론 샌프란시스코에 도착해선 그가 그리워 몇 날 며칠을 울었지만.

"아, 생각하니까 벌써 보고 싶네."

한 달 전 진욱이 이곳을 다녀갔음에도 불구하고, 벌써부터 그가 보고 싶어 마음이 간질거렸다. 그와 같은 시간, 같은 공간에 있는 건 아니었지만 진욱의 경험을 같이 공유하고 싶어 자전거 여행도 결심했다.

"좋다. 이렇게 풍경을 감상하는 것도."

차로 빠르게 지나가며 보는 것과는 사뭇 다른 느낌이었다. 느릿하게 시야로 들어오는 세상에 기분이 아주 상쾌해졌다. 물론 그게 오래가진 못했지만.

"아, 죽겠다. 죽겠어."

한적한 도로 옆에 자전거를 세워 두고 다인은 거친 숨을 내쉬었다. 이날을 위해 그토록 열심히 체력을 길렀건만 무리한 도전이었나 보다. 천근만근 무겁게 느껴지는 다리를 두드리며 다인은 하늘을 올려다보았다.

"아, 이래서 금문교까지 언제 가니?"

어깨를 축 늘어뜨리던 다인이 이내 씩씩한 얼굴로 다시

몸을 일으켰다.

"포기하지 말자. 기필코 성공해서 인증샷도 찍어야지."

다시 한 번 힘차게 페달을 밟아 보았지만, 이미 체력이 떨어진 다리는 제 뜻대로 움직여 주지 않았다. 결국 얼마 가지 못해 다리에 쥐가 나고 말았다.

"아!"

고통을 호소하며 자전거를 세운 다인은 힘없이 바닥에 주저앉았다. 책에서 배운 대로 다리 마사지를 해 보았지만, 찢어질 것 같은 고통은 계속되었다. 그때 누군가 자신의 다리를 들어 올렸다.

"어?"

깜짝 놀라 고개를 든 다인은 멍한 눈으로 고개를 갸웃거렸다.

"너무 힘들어서 헛것이 보이나."

"멀쩡히 살아 있는 사람 헛것 만들지 마라."

귀를 파고드는 부드러운 로우톤의 목소리에 다인의 눈이 느릿하게 깜박여졌다.

"오빠!"

"이제야 남편을 알아보네."

"뭐야? 어떻게 된 거야? 오빠가 왜 여기 있어?"

다인의 물음에 진욱은 싱긋 웃기만 했다.

"다리는 좀 괜찮아?"

너무 놀라 다리의 고통도 느낄 수가 없었다.

"응. 오빠 보니까 하나도 안 아…… 악!"

종아리를 세차게 주무르는 진욱의 손길에 다인은 고통에 찬 신음을 내질렀다.

"거짓말쟁이. 아파도 조금만 참아. 지금 안 풀면 며칠 고생해."

"응."

눈물까지 찔끔 나올 정도로 고통스러웠지만, 진욱의 손길에 뭉친 다리의 근육이 점점 풀어져 갔다. 어느새 고통이 잦아드는 걸 느끼며 다인은 따뜻한 시선으로 진욱을 바라보았다.

"뭐하러 이런 생고생을 해?"

"치. 오빠 따라하려다 그런 거다, 뭐."

"내 체력이랑 네 체력이 같아?"

"나이는 내가 더 어리거든요!"

"그땐 내 나이도 어렸어."

순간 할 말이 사라졌다. 먼저 몸을 일으킨 진욱이 다인을 향해 손을 내밀었다.

"괜찮은가 보게 일어나 봐."

"응. 이제 진짜 괜찮아."

씩씩하게 몇 걸음 걸어 보던 다인이 진욱을 향해 재빨리 몸을 돌렸다.

"그런데 진짜 어떻게 된 거야? 왜 오빠가 여기 있어?"

다인의 물음에 진욱은 피식 웃었다.

"한참 전부터 따라왔는데 눈치 없기는."

"언제부터?"

"네가 집에서 나올 때부터? 일부러 깜짝 놀라게 해 주려고 말 안 하고 따라왔더니. 어쩜 그렇게 눈치를 못 채나?"

진욱의 뒤로 그가 세워 둔 차가 보였다.

"차로 계속 따라온 거야?"

"이제라도 눈치채서 다행이다. 얼른 타."

진욱이 다인의 자전거를 차 트렁크에 실었다.

"금문교까지 도전하고 싶었는데."

"지금 네 상태로는 무리야."

반박할 힘조차 없었다. 조수석에 오른 다인은 운전석에 타는 진욱을 따뜻한 시선으로 바라봤다.

"그래도 좋다. 이렇게 오빠 만나서."

"더 좋은 소식도 있는데."

"뭐?"

"나중에 알려 줄게. 금문교 가려고 한 거지? 거기까지 차로 가고, 금문교는 자전거로 구경하자."

다인은 해맑게 웃으면서 고개를 끄덕였.

"좋아."

아직도 진욱이 이곳에 있다는 게 믿기지가 않았다. 마치 꿈을 꾸고 있는 느낌이 들었다.

✤   ✤   ✤

깜박 잠이 든 다인은 화들짝 놀라며 눈을 떴다. 혹시 진욱이 자신을 찾아왔던 것이 꿈이 아닐까 하는 생각에 놀라 고개를 두리번거리다, 다정한 눈길로 자신을 바라보고 있는 진욱의 모습에 환한 미소를 지었다.

"꿈 아니었네. 정말 오빠가 내 옆에 있네."

"앞으론 계속 네 곁에 있을 거야."

"무슨 말이야?"

진욱의 말이 잘 이해가 되지 않아 다인은 느릿하게 눈을 깜박였다.

"얼마 전 내가 발표한 논문을 보고 버클리 공대 교수로부터 연락이 왔어. 같이 연구하고 싶다고."

"어?"

"그래서 1년 동안 여기서 지내면서 같이 연구하기로 했지."

이건 정말 믿기지 않는 일이었다. 진욱과 계속 함께 있을 수 있다니.

"뭐, 사실 일부러 노린 거긴 하지만."

씩 웃는 진욱의 얼굴이 사랑스러웠다. 다인은 팔을 뻗어 그를 세차게 끌어안았다.

"정말 믿기지가 않아. 오빠랑 함께 있을 수 있다니."

"여기에 오려고 무진장 노력했지. 도저히 살 수가 없어서."

"응?"

다인의 머리를 진욱이 다정한 손길로 쓰다듬었다.

"네가 없으니까 재미가 너무 없더라."

"나도! 역시 오빠가 내 옆에 있을 때가 제일 좋아."

이곳에서의 생활도 좋았지만 진욱이 곁에 없다는 사실에 허전할 때가 한두 번이 아니었다. 이제 떨어지지 않고 함께 지낼 수 있다니. 이보다 더 좋은 일이 어디 있을까.

"그럼 같이 신 나게 관광해 볼까?"

진욱의 물음에 다인은 세차게 고개를 끄덕였다.

"넌 뒤에 앉아. 너보단 아직 내 체력이 더 쓸 만할 것 같으니까. 네가 없어서 딱히 힘을 쓸 데가 없었거든."

진욱이 던지는 야릇한 농담에 다인이 얼굴을 붉혔다. 자전거에 나란히 올라탄 두 사람은 어느새 노을이 지고 있는 금문교 위를 힘차게 달렸다. 다리와 바다 위를 붉게 수놓는 노을은 눈물이 나도록 아름다웠다.

"모처럼 나왔으니, 여기 근처 호텔에서 하루 잘까? 어차피 내일 일요일이라 학교도 안 갈 테고."

"응, 그러자!"

진욱과 함께라면 어디든지 좋았다. 초여름임에도 불구하고 바닷바람이 많이 불어 쌀쌀했지만, 따뜻하고 넓은 그의 등에 기대어 있으니 차가운 바람도 잘 느껴지지 않았다.

제 심장이 뛰는 소리와 진욱의 두근거림이 함께 뒤엉켜 몸도 마음도 들뜨게 만들고 있었다.

오랫동안 잊지 못할 것 같았다, 이날의 느낌을. 찬란하도록 아름다운 풍경과 서로를 향해 두근거리는 심장 소리가 오래도록 기억에 남을 것 같았다.

금문교 근처 호텔에 도착한 두 사람은 레스토랑에서 간단한 식사를 마치고 곧장 예약해 둔 룸으로 올라갔다. 통유리로 되어 있는 커다란 창을 통해 금문교의 아름다운 야경이 들어왔다.

"정말 예쁘다."

창문 앞에 서서 감탄 어린 목소리로 중얼거리는 다인의 곁으로 진욱이 다가와 허리를 끌어안았다.

"네가 더."

"진짜?"

해맑은 얼굴로 뒤를 돌아보는 다인의 입술에 진욱이 입을 맞추었다. 그 부드러운 버드키스에도 두 사람의 몸은 뜨겁게 달아올랐다.

"씻고 올게."

입술이 떨어지자마자 다인이 진욱을 향해 말했다.

"그래."

"기다려."

나이트가운을 챙겨 든 다인이 곧장 욕실 안으로 들어갔다. 입고 있던 옷을 모두 벗어 던지고 알몸이 된 그녀는 욕조에 앉아 뜨거운 물에 몸을 담갔다. 자전거를 타느라 쌓였던 피로가 급속도로 풀리는 기분이 들었다.

그때 욕실 문이 스르르 열리며, 아무것도 걸치지 않고 섹시한 자태를 뽐내는 진욱이 욕실 안으로 들어왔다.

"오빠?"

"이제 씻는 것 정도는 봐도 될 만큼 친밀감은 쌓인 것 같은데."

얼굴을 붉히는 다인의 뒤로 다가와 뜨거운 나체로 그녀를 감싸는 그였다.

"내가 씻겨 주고 싶기도 하고."

거품이 묻어 있는 퍼프를 집어 든 그가 민감한 등에 비누칠을 시작했다. 이상했다. 제 몸을 여기저기 만지는 것도 아닌데, 척추를 따라 내려가는 부드러운 퍼프의 느낌에 온몸이 달아오르기 시작했다.

"흐읏."

참으려고 했지만 신음이 먼저 입 밖으로 터져 나왔다.

"못 본 사이에 더 민감해졌는데?"

짓궂은 진욱의 목소리가 귓가에 맴돌았다. 그와 동시에 퍼프는 천천히 앞으로 이동을 해 그녀의 하얗고 봉긋한 가슴 주변을 맴돌았다. 하얀 비누 거품으로 흔적을 남기면서.

"하아."

퍼프가 지나갈 때마다 날 선 쾌락과 뜨거운 열락이 그녀의 몸을 타오르게 했다. 그걸 아는지 모르는지 그의 손길은 지나치게 느릿하고 여유로웠다. 꼿꼿이 서 버린 분홍빛 유두에 닿은 퍼프가 빙그르르 돌아갔다.

"아앙! 오빠."

미끈한 비누 거품 때문인지 퍼프의 느낌이 더욱 적나라하게 느껴졌다.

"듣기 좋아. 네 신음 소리."

"으흐흣!"

놀리는 듯한 말투에 신음을 참아 보려고 했건만, 어느새 퍼프를 대신해 유두를 자극하는 그의 손가락에 그녀의 입에선 더 큰 신음이 흘러나왔다.

유두를 세차게 잡아당겼다 놓아주고, 또다시 세차게 잡아당기며 자극을 퍼붓는 그 손길 아래 다인은 무너지고 있었다.

단단한 그의 허벅지를 양손으로 꽉 움켜잡으며 버티고 있었지만, 몸은 더 뜨겁게 달아올랐다. 정신을 차릴 수 없을 정도로.

"내가 많이 그리웠어?"

그리웠다. 이렇게 안기고 싶었던 날들이 수없이 많았다. 그가 한 번씩 다녀갈 때면 몸은 더욱 민감해졌다. 어떤 날은 꿈에서 그와 질펀한 사랑을 나누기도 했다. 그럴 때면 어김없이 여성이 흠뻑 젖어 버리고 말았다.

"응, 너무. 하읏!"

한 손으론 젖가슴을 주무르고, 다른 한 손에는 퍼프를 쥔 그가 점점 더 아래로 내려갔다. 욕조를 가득 채운 물보다 더 뜨거운 물이 흘러내리는 민감한 그곳에 퍼프가 와 닿자 다인의 신음은 더욱 높아졌다.

"아, 어떡해. 어떡해!"

감당하기 힘든 쾌락이 몰려오는 느낌에 날카로운 목소리로 외친 다인은 더욱 세찬 손길로 그의 허벅지를 움켜잡았다.

"쉬이, 긴장을 풀어."

여성을 자극하던 진욱은 끝내 손에 들고 있던 퍼프를 놓아 버렸다. 그리고 퍼프를 대신해 기다란 손가락으로 여성 주변을 자극하기 시작했다.

"오빠, 오빠!"

다인의 입에서 연신 애달픈 신음이 흘러나왔다. 그 신음에 응답하듯 기다란 손가락이 여성의 갈라진 틈으로 미끄러지며 다가갔다.

"흐앗!"

검지와 중지로 갈라진 틈을 끊임없이 자극하던 그는 더욱 민감한 음핵을 찾아 천천히 손가락을 이동시켰다. 그리고 흥분으로 인해 잔뜩 부풀어 오른 음핵을 살짝 건드렸다.

"아아앗!"

다인의 신음 소리가 더욱 높아졌다. 엉덩이를 움찔거리며 튕기듯 몸을 일으켰다. 하지만 단단한 팔이 그녀를 붙잡고 있어 멀리 도망칠 수는 없었다. 그에게 붙잡힌 채, 음핵에서 느껴지는 엄청난 쾌락을 정면으로 맞이하고 있었다.

"아앗! 안 돼, 안 돼! 나 갈 것 같아, 오빠."

울음 섞인 목소리로 쾌락을 호소하는 다인의 외침에도 불구하고, 음핵을 자극하는 손가락의 움직임은 더욱 빨라졌다. 세차게 마찰을 일으키며 끊임없이 자극하는 그의 손가락 아래에서 다인은 끝내 절정에 도달하고 말았다.

왈칵! 여성 안에서 뜨거운 애액이 뿜어져 나오는 것이 온몸으로 느껴졌다. 그걸 느낀 진욱 역시 온몸이 달아오른 상태였다.

"나도 더 이상은 못 참아."

흥분으로 인해 허스키해진 목소리로 중얼거린 진욱은 잔뜩 성난 남성을 부드러운 엉덩이 사이로 밀어 넣었다.

"흐으웃."

그가 좀 더 쉽게 제 안으로 들어올 수 있게 다인은 살짝 엉덩이를 들어 올렸다. 천천히 입구를 찾아 헤매던 남성은 단숨에 그녀의 여성 안으로 파고들었다.

"아아!"

질 벽을 자극하며 지나가는 단단한 페니스의 느낌이 너무나 선명하게 와 닿았다. 이미 절정을 맛본 여성은 더욱 세차게 페니스를 조이며 그를 자극했다.

"하아!"

진욱의 입에서도 어느새 뜨거운 신음이 터져 나왔다. 탁, 탁, 살과 살이 부딪치는 색스러운 소리가 조용한 욕실 안을 가득 채웠다. 남성은 점점 더 빠르게 움직이며 여성 안의 가장 민감한 부위를 사정없이 찔러 댔다.

"아훗, 아흐훗!"

"헉, 흐억!"

욕실 안에 울려 퍼지는 두 사람의 신음이 점점 더 높아졌다. 어느새 동시에 절정에 도달한 그들은 서로의 몸에 뜨거운 절정의 흔적을 내뿜기 시작했다.

✳   ✱   ✳

남해의 바닷가 풍경이 눈앞에 펼쳐졌다. 그 경치에 홀려 넋을 잃고 있는 다인에게 진욱을 빼닮은 한 남자아이가 달려와 안겼다.

"엄마!"

아이가 너무 사랑스러워 다인은 팔을 뻗어 꼬옥 끌어안았다.

"여기가 할머니 살던 곳이에요?"

해맑은 검은 눈으로 자신을 올려다보며 묻는 아이의 모습에 다인은 해사한 미소를 지으며 고개를 끄덕였다.

"응, 아름답지?"

"네, 너무 좋아요. 저기까지 달려갔다 올게요."

잔디밭을 가리키는 아이의 손짓에 다인은 웃으면서 고개를 끄덕였다.

"조심해."

"네, 엄마."

힘차게 달려가는 아이를 바라보고 있는데 어느새 곁에 진욱이 나타났다.

"녀석, 기운이 아주 넘치네."

"그렇지? 오빠를 빼닮았어."

"음, 난 널 닮은 아이가 좋은데."

진욱의 말에 다인은 웃으면서 고개를 내저었다.

"아니, 난 오빠 닮아서 너무 좋아. 내 오랜 꿈이었어. 오빠랑 똑 닮은 아이를 낳는 거."

"그래, 꿈이 이루어졌네."

다정히 제 어깨를 감싸는 진욱을 보며 다인은 생긋 미소를 지었다.

"엄마, 아빠!"

멀리서 자신들을 부르며 손을 흔드는 아이를 향해 다인 역시 열심히 손을 흔들어 주었다. 두 눈 가득 들어오는 사랑스러운 아이의 모습을 각인시키며.

"그만 일어나지."

볼에 와 닿는 부드러운 입술의 느낌과 마음을 들뜨게 만드는 로우톤의 목소리에 다인은 스르르 눈을 떴다. 금문교 다리 위로 찬란하게 반짝이는 햇살이 눈에 들어왔다.

"꿈이었네."

아쉬운 얼굴로 중얼거리는 다인을 향해 진욱이 커피가 담긴 머그컵을 내밀었다.

"좋은 꿈 꿨나 봐."

"응, 정말 행복한 꿈."

아직도 꿈이 너무나 생생하게 떠올랐다. 그 아이가 곁에 없는 게 아쉬울 정도로.

"그런 꿈 말고 진짜 꿈은 찾았어?"

부드러운 손길로 다인을 뒤에서 끌어안으며 진욱이 다정하게 물었다.

"아마도."

"뭔데?"

고개를 뒤로 넘기자, 궁금하다는 듯 검은 눈을 반짝이는 진욱의 얼굴이 보였다.

"영원히 오빠 곁에 있는 거."

"뭐야, 그게."

실망한 투로 중얼거리는 진욱을 다인이 슬그머니 흘겨보았다.

"지금 내 꿈을 비웃는 거야?"

"비웃는 게 아니라 달라진 게 없잖아. 여기 와서도."

"왜 달라진 게 없어? 더욱 절실해졌는데."

몸을 일으킨 다인이 따스한 눈으로 그를 바라봤다.

"난 역시 오빠 없이는 안 되겠어."

"그건 나도 마찬가지야."

"거기에 꿈이 하나 더 생겼다면……."

잠시 말을 멈춘 다인은 생긋 미소를 지었다.

"오빠를 닮은 예쁜 아이를 낳고 싶어. 이 꿈은 왠지 곧 이루어질 것 같지만."

다인은 확신에 찬 표정으로 늘씬한 제 배에 손을 뻗었다.

"후회 안 하겠어? 유학까지 와 놓고 그냥 내 옆에만 있는 거. 넌 아직 젊잖아. 하고 싶은 것도 많고. 그런데 정말 후회 안 할 자신 있어?"

"응. 좋은 경험이었지만 역시 난 오빠 옆에 있을 때가 제일 좋아."

참으로 한결같았다. 하지만 이런 다인이 싫지 않았다. 그녀를 항상 제 곁에 두고 싶은 건 진욱 역시 마찬가지였다. 혹시나 자신이 그녀의 꿈을 짓밟는 게 아닐까 걱정이 되면서도, 제 곁에 꽁꽁 묶어 두고 싶었다.

"이젠 항상 내 곁에 있어 줘."

그녀가 곁에 없던 6개월의 시간이 지옥 같았다는 건 비밀이었다. 다인과 함께 있기 위해 일부러 버클리 공대에서 관심을 가지고 있는 초소형 모터 연구에 더욱 매진했다. 결과는 다행히 성공적이었다.

"응. 고마워, 오빠. 더 빨리 내 곁으로 와 줘서."

제 품에 안기는 다인을 진욱은 더욱 세차게 끌어안았다. 다시는 멀리 떠나보내기 싫다고 생각하면서.

✤　　　✤　　　✤

샌프란시스코에 있는 자그마한 신혼집에선 크리스마스 분위기가 물씬 풍기고 있었다. 제법 배가 볼록해진 다인은 샌프란시스코로 신혼여행을 온 주하를 환한 얼굴로 반겼다.

"와, 이제 7개월인가? 배가 제법 나왔다?"

주하의 물음에 다인이 웃으면서 고개를 끄덕였다.

"그렇지? 아, 어서 만나고 싶어."

사랑스러운 손길로 배를 쓰다듬는 다인을 보며 주하 역시 행복한 미소를 지었다.

"좋아? 아이 가지니까?"

"응. 세상에 이렇게 큰 행복이 또 있을까 싶어."

"아, 부럽다."

"부러우면 너도 빨리 가져."

"몰라. 이번에 대학원도 진학해서 당장은 무리야. 어쨌든 너도 대단하다. 임신한 채로 공부도 마치고."

주하의 말에 다인은 웃으면서 고개를 끄덕였다.

"우리 아이가 너무 순둥이라 다행이지. 입덧 한 번 없고."

"그러게. 어째 조금 동글동글해진 것 같아."

통통하게 살이 오른 다인의 두 뺨을 보며 주하가 놀렸다.

"먹고 싶은 건 어찌나 많은지. 보기 싫지?"

통통한 볼을 숨기며 묻는데, 주방에서 칠면조 요리를 내오던 진욱이 곁에 섰다.

"예뻐. 예전보다 더 예쁘니까 걱정하지 마."

진욱의 팔불출 발언에 그를 따라 주방에서 나오던 준혁과 주하는 조용히 고개를 내저었다. 어찌 된 게 이 부부는 더 닭살스러워진 것 같았다.

"오빠도 좀 배워요."

그럼에도 불구하고 부러운 건 어쩔 수가 없었다. 주하가 제 남편 준혁의 곁으로 쪼르르 달려가 옆구리를 콕 찌르며 속삭였다.

"내 눈엔 네가 제일 예뻐."

신혼부부답게 이쪽의 콩깍지도 만만치 않았다. 크리스마스 파티 내내 두 남자의 팔불출 레이스가 끊임없이 펼쳐졌다.

"그래도 피부는 우리 다인이를 못 따라오지."

약간 까무잡잡한 피부의 주하가 다인을 칭찬하는 진욱을 슬그머니 노려보았다.

"그래도 키랑 몸매는 우리 주하가 더 훌륭하죠."

준혁도 물러서지 않고 팔불출 면모를 뽐냈다.

"우리 다인이 애교는 세상 최고야."

애교라는 단어에 이번엔 준혁이 움찔했다. 털털한 성격의
주하는 애교가 없었다.

"힘은 우리 주하가……."

"오빠! 그게 무슨 자랑이라고."

주하의 날카로운 목소리에 준혁이 재빨리 입을 다물었다.

"됐으니까 이제 그만들 하죠? 뱃속의 우리 아기가 듣기 괴
로울 것 같은데."

다인의 만류에 그제야 소란스럽던 팔불출 레이스가 멈추
었다. 조금 소란스럽긴 했지만, 따뜻한 크리스마스 밤이 깊어
져 가고 있었다. 배 속 아이의 사랑스러운 태동과 함께.

외전
처음, 만나던 그날

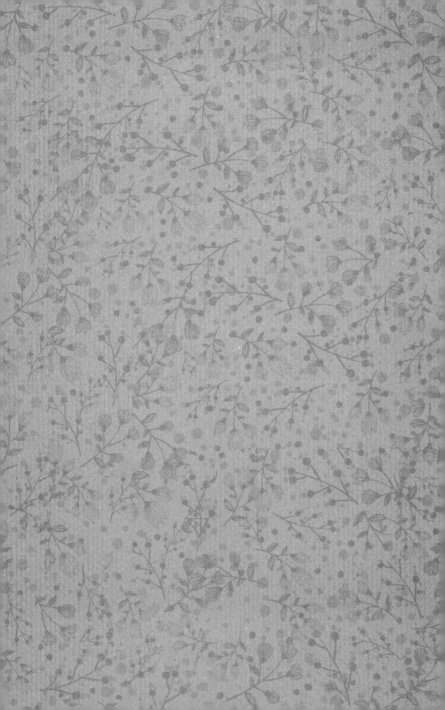

수업이 끝난 진욱은 곧장 집으로 달려갔다. 옆집에 새로 태어난 아기와 만날 수 있는 날이라 했던 엄마의 말이 떠올랐다. 이제 갓 백일이 지난 아기는 그동안 아주머니의 친정에 있었기에 진욱은 한 번도 얼굴을 볼 수가 없었다.

형이나 누나, 혹은 동생이 있는 대부분의 친구들과 다르게 외동으로 자랐던 진욱이었기에, 옆집 아이긴 하지만 제게 동생이 생겼다는 사실이 무척이나 즐거웠다.

열두 살 아이답지 않은 무뚝뚝한 성격 탓에 감정을 제대로 표현하는 것이 쑥스러웠지만, 아기와의 만남이 설레는 건 사실이었다.

"다인이랬나?"

엄마가 알려 준 아기 이름을 되새기며, 진욱은 먼저 제 집에 들렀다. 가방을 내려놓고 손을 깨끗하게 닦은 진욱은 얼른 옆집으로 걸음을 옮겼다.

조심스레 벨을 누르자 엄마가 달려 나와 문을 열어 주었다. 정원을 지나 한옥으로 지어진 마루에 다다르니 요란한 아기 울음소리가 들려왔다.

"다인이가 계속 우는구나."

엄마를 올려다보자 다정한 목소리로 진욱에게 설명을 해 주는 그녀였다.

"왜요?"

"글쎄, 집이 낯설어서 그런 게 아닐까?"

생각해 보니 자신도 처음 이 동네로 이사 왔을 때 많이 낯설었던 것 같다.

"살짝 얼굴만 보고 가자."

"네."

아쉬웠지만 진욱은 감정을 숨긴 채 고개를 끄덕였다. 엄마를 따라 아기와 아주머니가 있는 안방에 들어갔다. 아주머니는 아기를 지친 얼굴로 달래고 있었다.

아마도 울음을 터트린 지 상당히 오래된 모양이었다. 아기의 하얀 얼굴이 새빨갛게 변한 걸 보아하니.

"으앙, 으앙!"

"아휴, 다인아. 왜 이렇게 우니. 엄마 속상하게."

아주머니의 한탄을 들으며 진욱은 천천히 다인을 향해 몸을 숙였다.

"안녕, 다인아."

조심스레 다인을 향해 인사를 건네자 아기가 갑자기 울음을 뚝하고 그쳤다. 동그란 맑은 눈으로 진욱을 올려다보는 다인의 모습에 아주머니도 엄마도 놀란 눈치였다.

"어머, 그렇게 달래도 안 그치더니."

아주머니의 말에 엄마가 고개를 끄덕였다.

"그러게 말이야."

하지만 그게 끝이 아니었다. 고사리같이 작은 손을 뻗은 다인이 진욱의 옷을 붙잡았다.

"진욱이가 마음에 들었나 봐."

웃음기가 묻어 있는 엄마의 말에 아주머니도 고개를 끄덕였다.

"벌써부터 잘생긴 오빠를 알아보나 보네."

늘 진욱을 보며 잘생겼다고 칭찬하던 아주머니가 싱글벙글 미소를 지었다.

"만나서 반가워."

진욱이 건네는 인사에 다인은 웃음을 터트렸다. 그 모습에 방금 전까지 울었던 아기가 맞느냐며, 아주머니와 엄마는 한바탕 난리가 났다.

"제가 한번 안아 봐도 돼요?"

사랑스러운 다인의 모습에 넋이 나간 건 진욱도 마찬가지였다. 포동포동 하얀 볼살에 맑은 갈색 눈을 가진 아기는 책에서 본 천사같이 사랑스러웠다.

"그래, 한번 안아 봐."

조심스럽게 다인을 넘겨받은 진욱은 부드럽게 아기를 감싸 안았다. 맑은 눈에 그대로 비치는 제 모습에, 진욱의 입가에도 따뜻한 미소가 번졌다.

"둘이 너무 예쁘다."

"그러니까."

울음소리에서 해방된 두 여자는 진욱과 다인을 보며 속삭였다. 하지만 그 해방감도 잠시, 진욱의 품에서 떼어 놓으면 금세 울음을 터트리는 다인 때문에 아주머니와 엄마는 또다시 당황했다.

"아이고, 어쩌니."

결국 진욱이 다인을 안은 채 잠이 들 때까지 있어야만 했다. 자면서도 손으로 꼭 진욱의 옷깃을 붙잡는 그 모습에 아주머니는 고개를 내저었다.

"우리 꼬마 아가씨가 진욱이한테 반했나 보다."

"그러게."

농담처럼 건넨 그 말들이 사실이 되기까지는 그리 긴 시간이 걸리지 않았다. 안타깝게도 다인이 제일 먼저 배운 말은 '엄마'가 아닌 '오빠'였다.

아마도 다인은 처음부터 알아본 듯했다. 자신이 사랑하게 될 남자가 바로 진욱이라는 사실을.

—fin

작가 후기

중편은 처음 도전하는 거라 많이 긴장되고 떨립니다.

음, 철없어 보이기도 하지만 씩씩하고 밝은 여주를 그리고 싶어 시작한 글인데 그게 잘 표현되었는지 모르겠어요.

남주는 반대로 겉으론 강해 보이지만 속은 한없이 여린 그런 인물을 그리고 싶었어요. 그래서 오히려 남주에게 여주가 위로가 되는.

그 덕분에 남주 카리스마가 많이 반감되긴 했지만, 그래도 이 두 사람 예쁘게 봐주셨으면 좋겠네요.

마냥 읽기 편한 글은 아님에도 불구하고, 이 글을 끝까지 읽어 주신 분들 정말 감사드려요.

긴 슬럼프 중에 쓴 글이라, 짧은 글임에도 불구하고 많이 지치고 힘들었는데, 응원해 주시던 독자님들과 친한 작가님들 덕분에 이 글을 마칠 수가 있었습니다. 항상 감사드립니다.

저도 어느새 결혼 5년 차가 되어 가네요.
이 글을 쓰면서 부부 간의 믿음에 대해 많이 생각했답니다. 마감하는 저를 대신해 아이 봐 준다고 고생한 남편에게 고마운 마음을 전하고 싶습니다.

다음 글은 좀 더 밝은 글로 들고 올 수 있도록 노력하겠습니다.
제가 글을 쓰고 있는 지금은 1월이지만, 책이 나올 땐 5월쯤이겠네요. 따뜻한 봄에 어울리는 따뜻한 글이었으면 좋으련만, 그렇지 못한 것 같아 조금은 죄송스럽네요.

끝으로 이 글을 읽으시는 모든 분들이 행복하시길 바라며, 후기를 이만 마칠까 합니다. 끝까지 읽어 주신 분들 다시 한 번 감사드립니다!

—2015년 아직은 추운 겨울날,
서은호 올림.